CRAFT6
ragnet Mirage Reloaded
Shouji Gato + Range Murata

[Tilarna Exedilika]

AFFILIATION:San-Teresa Police Department
CLASS:detective sergeant
RACE:Semanian
CAREER:the knights of Mirvor,
the kingdomof Farbani,
Sherwood High School

[Kei Matoba]

AFFILIATION:San-Teresa
Police Department
CLASS:detective sergeant
RACE:Japanese
CAREER:ex-soldier,
JSDF,UNF(SOG)

CONTENTS

ep.07 A King Maker
（合意の形成者）……………………011p

COP CRAFT6

Dragnet Mirage Reloaded

Shouji Gato + Range Murata

Welcome to the illusion of two worlds.

COP CRAFT 6

Dragnet Mirage Reloaded

Shouji Gato + Range Murata

TWO WORLDS,
TWO JUSTICES.

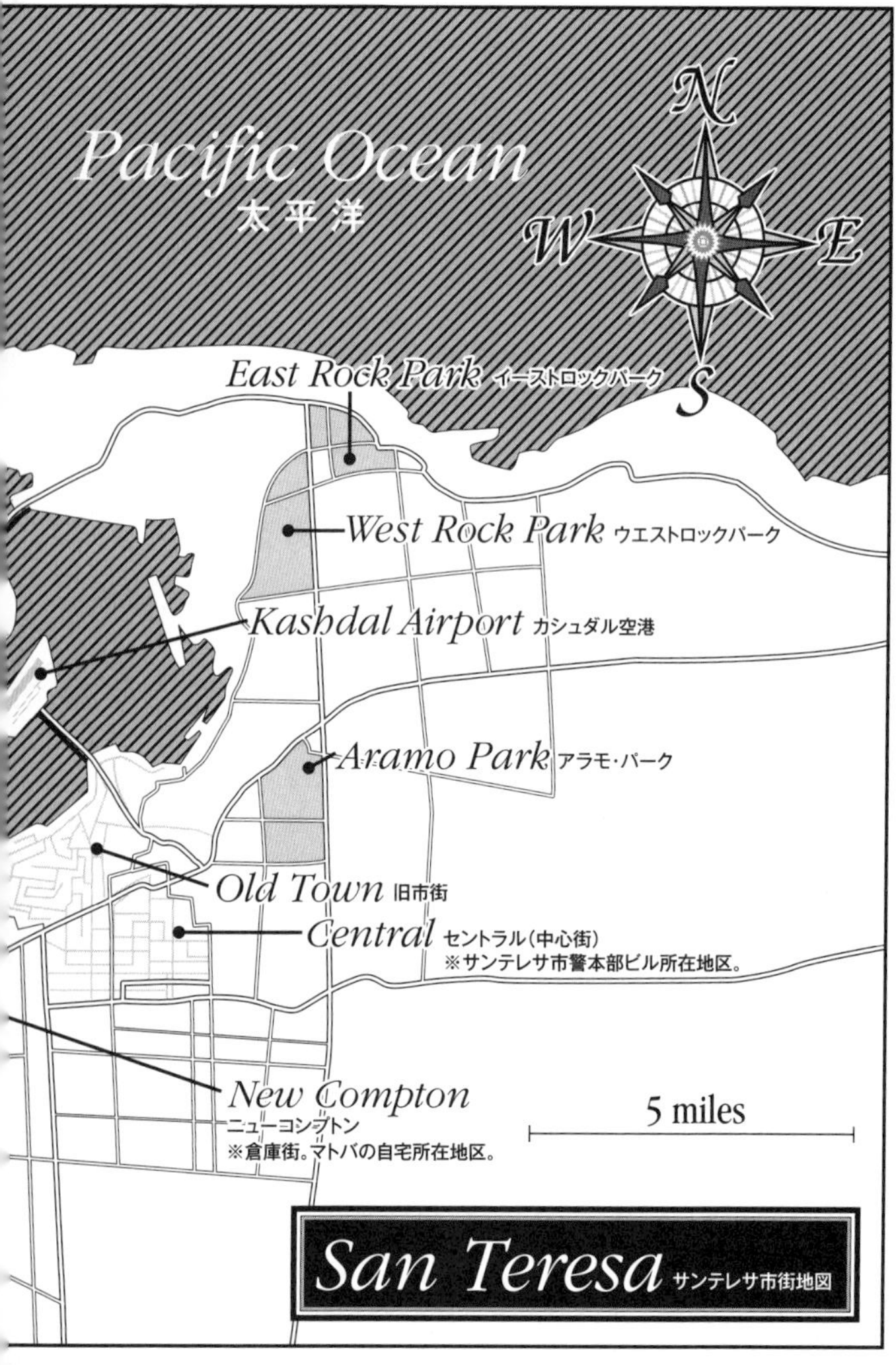
Pacific Ocean
太平洋
N
W
E
S
East Rock Park イーストロックパーク
West Rock Park ウエストロックパーク
Kashdal Airport カシュダル空港
Aramo Park アラモ・パーク
Old Town 旧市街
Central セントラル(中心街)
※サンテレサ市警本部ビル所在地区。
New Compton
ニューコンプトン
※倉庫街。マトバの自宅所在地区。
5 miles
San Teresa サンテレサ市街地図

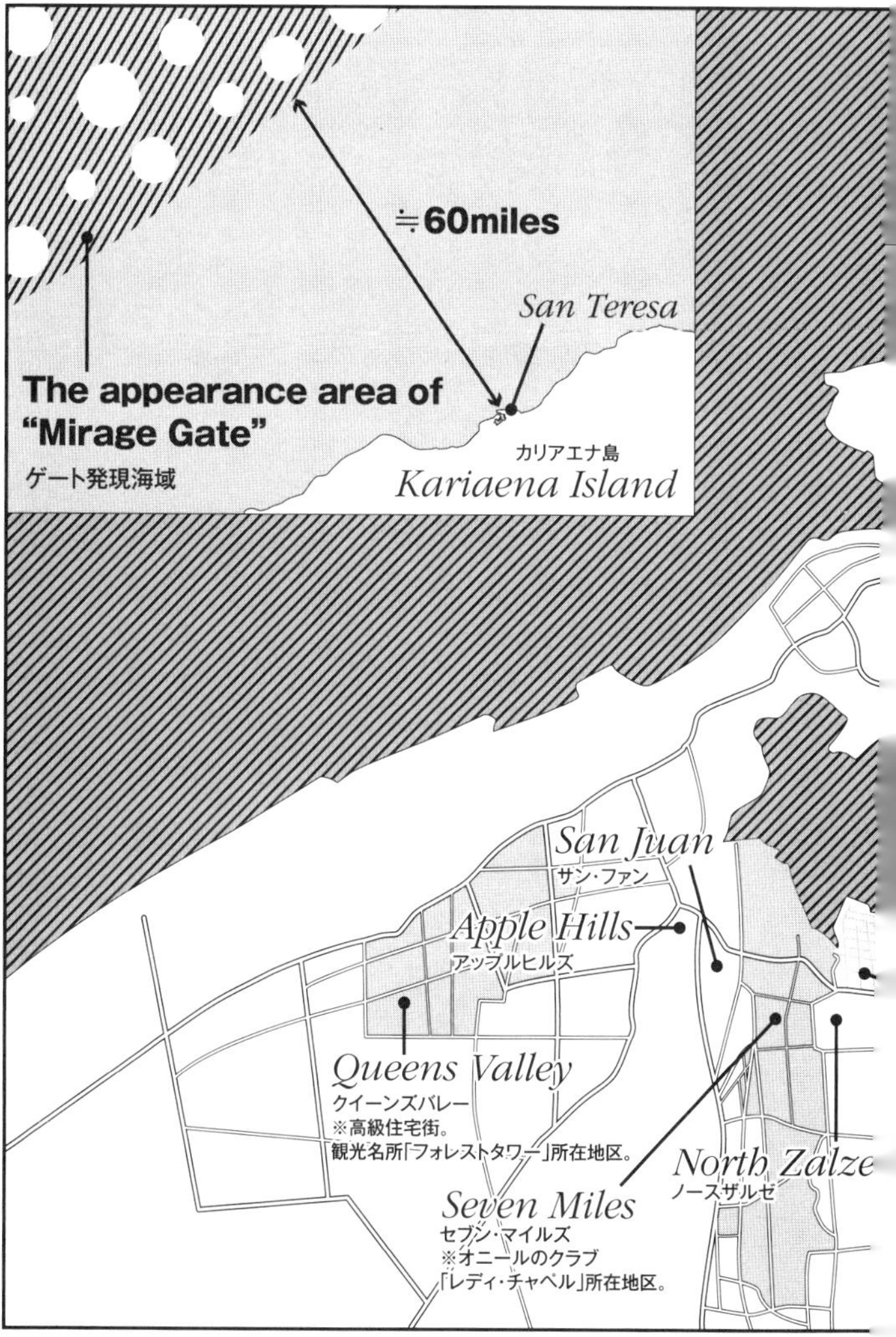
≒60miles
San Teresa
The appearance area of
"Mirage Gate"
ゲート発現海域
カリアエナ島
Kariaena Island
San Juan
サン・ファン
Apple Hills
アップルヒルズ
Queens Valley
クイーンズバレー
※高級住宅街。
観光名所「フォレストタワー」所在地区。
North Zalze
ノースザルゼ
Seven Miles
セブン・マイルズ
※オニールのクラブ
「レディ・チャペル」所在地区。

人物紹介

ケイ・マトバ
サンテレサ市警、特別風紀班の刑事。

ティラナ・エクセディリカ
ファルバーニ王国の騎士。セマーニ人。

ビル・ジマー
特別風紀班の主任。警部。

トニー・マクビー
特別風紀班の刑事。

アレクサンドル・ゴドノフ
特別風紀班の刑事。トニーの相棒。

ジェミー・オースティン
特別風紀班の刑事。

キャメロン・エステファン
特別風紀班の刑事。ジェミーの相棒。

セシル・エップス
検死官。

ビズ・オニール
自称牧師の情報屋。

ケニー
オニールの秘書兼用心棒。

モダ・ノーバム
新グラマーニ教会の指導者。政治家。

ゼラーダ
セマーニ人の魔術師。

photo : Hanta Arita
design : Mikiyo Kobayashi + BayBridgeStudio

真っ青な空の下。

錆《さび》の浮いたグリルの上で、巨大な肉塊《にくかい》が煙をあげている。リブロースの表面は焼け焦げ、したたり落ちた脂で練炭が強く燃えあがる。

「主任。焼き過ぎじゃないですかね？」

牛肉の惨状を見かねて、マトバは言った。

「いや、これでいいんだ。表面は見捨てる。中にじっくり火を通すのが大事なんだ」

ビル・ジマー警部が言った。安物のTシャツにエプロン姿。

真剣な表情で、真っ黒になったリブロースを何度も何度もひっくり返す。

「でもこれじゃ、中まで固くなっちまう。せっかくの肉が台無しですよ。もうこのあたりで……」

「マトバ。おまえ、ジマー家秘伝の焼き方にケチをつけるのか？」

「これが？　秘伝？　ただグリルの上で、しつこく牛肉を炭化させてるだけじゃないか」

もうこれは焼き目をつけるなんて次元ではない。黒い炭のかたまりを、さらに火であぶっているだけだ。火災現場の焼死体だって、もうちょっとましな状態だろう。

「ちがう！　表面はそう見えても、中はゆっくり加熱されてるんだ。ライデンフロスト現象だ。知っとるか？」

「知ってるけど、これはライデンフロストじゃない」

ライデンフロスト現象とは、熱したフライパンに水滴を落とすと、すぐには蒸発しないあれのことだ。水滴とフライパンの間に発生した水蒸気が、フライパンからの熱の伝導を阻害して――いや、どうでもいい。とにかく、これは違う。目の前で起きている現象は、単なる『肉の炭化』だ。

「我が家は代々、こうして焼いてるんだ。だまって見てろ」

「でもこれじゃ、死んだ牛も浮かばれませんよ。練炭を減らしませんか？　せめて火力を弱くして、フタを閉めましょう。熱い空気の対流を起こすんです。あー、せっかくいい感じの霜降りだったのに、もったいねえなあ……ごほっ！」

大きな炎があがる。煙を吸いこみ、マトバは咳《せ》きこんだ。

「なんだ、さっきからネチネチと。食い物とクルマのことになると、とたんに粘着質でオタクっぽくなるな、おまえは」

「心外だな。俺はオタクじゃない」

「オタクはみんなそう言うんだ。そもそもここはわしの家だ。そしてこの料理は、わしのもんだ」

「肉を買ってきたのは俺ですよ」

「予算はみんなで出しただろうが」

「五ドルずつね。ちなみにこの肉、八〇ドル。足りない分は俺が自腹を切ったのに」

「それだ。なんでそんな高い肉を買ったんだ？　脂身ばかりの安物にしか見えんぞ。おまえ、普段料理をせんのだろう？　店員にだまされたんだ」

「違いますよ。この肉はシモフーリといって日本では大変高価な——」

「うるさい、うるさい！　それより冷えたビールをとってこい。キッチンだ」

もうなにを言っても無駄だろう。マトバは肩をすくめると、その場を後にした。

風紀班主任、ビル・ジマー警部の自宅はアップル・ヒルズの住宅街に位置している。高級ではないが、絵に描いたような古き良きアメリカ中産階級向けのプール付き一戸建てが建ち並んでいる。となり近所はみな親しく、週末ともなれば、どの父親も芝刈り機で庭の手入れをしているような家庭ばかり。

マトバが買ってきた高級霜降り肉が、無惨な消し炭に化学変化しようとしているのは、そんなジマー家のプールサイドでの出来事だった。

きょうは土曜日。ジマー主催のバーベキュー・パーティだった。

晴天の下、日光を受けてきらきらと輝く水面。プールはさして広くはない。両翼で一〇ヤードくらいか。

そのプールでしぶきをあげ、同僚のジェミーやキャミー、そしてティラナが水遊びに興じていた。

ビーチボールを投げ合ったり、水鉄砲で撃ち合ったり。

ジェミーとキャミーはきわどいビキニ姿だ。スタイル抜群。おまけに巨乳。これが同僚でなかったのなら、にやにやしながら鼻の下をのばすところなのだが、あいにく二人は、日頃のおとり捜査で似たようなセクシー衣装ばかりを着ている。そのせいできょうもピンとこない。新鮮味がないのだ。

かたや相棒のティラナは、ガキみたいなほっそりした体つきで、しかもスクール水着だった。なぜスクール水着なのかは、よくわからない。たぶんジェミーとキャミーが用意したのだろう。三人と一緒にトニー・マクビーもはしゃいでいた。ビキニパンツで、黄色い悲鳴をあげて、パステル色のビーチボールをつついている。

あとはゴドノフが連れてきた六歳の息子。かわいい盛りの彼は女子組のアイドルと化していた。水着美女たちにもみくちゃにされて、まんざらでもない様子だ。たぶん将来、父親みたいにニヤニヤして、すれ違った美女の尻を見返すようになるのだろう。

「ケイもどう？　気持ちいいわよ！」

トニーが彼を誘った。

あの輪の中に？　俺が？　ビキニパンツのゲイの同僚と一緒になって、俺もキャッキャとはしゃげって言うのか？

「後にしとくよ」

「あら残念」

と、ジェミーが言った。

「放っておけ。格好をつけているだけだ」

と、ティラナが言った。

あの宇宙人め。図星なのがまたムカつく。

マトバはプールサイドからジマー邸に入った。なかなか広いリビングだ。奥さんの趣味がいいのか、家具もカーペットもほどよい配色のバランスだ。

リビングにはゴドノフと何人かの同僚たちがいた。今年で二歳になる二人目の息子を、もう一人の風紀班の同僚サンデルと一緒にあやしている。

「おー、よちよち。あんよは上手……って、どうした、ケイ?」

ゴドノフが言った。筋肉質の巨体。ハーフパンツにキャラクター入りのプリントTシャツ。それがよちよち歩きの息子に破顔して、裏返った猫なで声を出しているのはひどく不気味だった。

「別に。ヒマなだけだ」

ビールを取りにキッチンに向かう。キッチンではジマーやゴドノフの嫁さんたちが、世間話をしながらパエリアの支度をしていた。

一時間前、マトバは自分が持ってきた大アサリを塩抜きしておいたのだが、ボウルにかぶせておいたタオルがなくなっていた。

「なんてこった。誰だよ、タオルをとったのは？」

「あたしだけど。いけなかった？」

問題のタオルで手を拭きながら、ゴドノフの嫁さんが言った。

「フタにしてたんだ。暗くしないとアサリは塩を吐かないんだよ」

案の定、ボウルの中のアサリはピタリと口を閉じている。ぜんぜん塩を吐いていない。

「砂抜きは済んでるんでしょ？」

「塩抜きがまだだ」

「いいじゃない。テキトーで」

「よくないよ！　アサリがたっぷり塩水を含んでる。塩抜きしないと、食えたもんじゃなくなるぞ。こうなったら……頼むから、お願いだから、塩は控えめにしてほしい。いや、いっそ入れないほうがいい。さもないとひどい味になるぞ」

するとと嫁さんたちは不愉快そうな顔をした。

「なんかケイって、料理のことになると本当にネチネチ小うるさくなるわね」

「オタクっぽいのよね。息子にはこうなってほしくないわ」

「俺はオタクじゃない」

「オタクはみんなそう言うのよ」

と、ジマー夫人が笑った。

夫婦で同じこと言ってやがる。ムカつく。

「とにかく産地直送のいいアサリなんだ。ミカワ湾から航空便でサンテレサに送ってくれる水産業者なんて、数えるくらいしかない」

「知らないわよ。だいたいパエリアにアサリなんて入れたことないし」

「うまいんだよ。本当だ」

「うるさいからあっち行ってて」

「ああ、もう」

奥さん連中から追い払われる。冷えたビールを持ってジマーのところに戻ると、牛肉はさらにひどいことになっていた。

ビールを受け取り、ジマーがじろりとにらんでくる。

「なんだ、その目は？」

「別に」

絶望しながらリビングに移動し、空いていたソファーに腰かける。横ではゴドノフがうとうとする息子を抱いて、気色悪い声で子守歌を唄っていた。

五〇インチの液晶テレビは、ニュース専門局を流していた。ダサいネクタイのアンカーマンが、あれやこれやと政治用語を口にしている。

世論調査の棒グラフ。政治集会の様子。おきまりの街頭インタビュー。

「市長選か」

大して関心もない声で、マトバはつぶやいた。

市長選。

このサンテレサ市の市長を決める選挙だ。

現職のムーア市長は高齢を理由に、九月の任期いっぱいで引退する予定だと以前から報じられている。

その後を継ぐ新市長が誰になるのか？

誰が市長になっても、なにも変わらないとマトバは思った。

くそったれの政治屋どもが、この街にはびこる犯罪をどうにかしてくれる？　とてもそうとは思えない。候補者たちの公約は美辞麗句《びじれいく》で彩られていた。

（犯罪のない美しい街を！）

去年の市議選でマトバの地区から立候補した男は、人権派の弁護士だった。

その同じ時期、ある警官が、銃を所持したヤク中のセマーニ人をやむなく射殺した。何度警告しても武器を捨てず、しまいにはその銃口を彼に向けたからだ。暗い場所だったせいでヘッドカム——制帽につける超小型カメラ——の証拠《しょうこ》映像は不鮮明だった。それをいいことにその弁護士は、事件を人種差別による殺人だと非難して騒ぎ立てた。そのほうが世間のウケがいいからだ。

弁護士は当選した。

町の犯罪は減らなかったが、警察の予算は減らされた。その市議も予算案に賛成した。職務を忠実に遂行した警官を殺人犯呼ばわりするような奴が、治安対策で成果をあげられるわけがない。

「茶番だよ。ろくな奴がいない」

子守歌をやめて、ゴドノフがぼやいた。彼の息子はすでに目を閉じ、うっとりとした表情で寝息をたてていた。

「まあ、まだマシなのは、あのカーンズっておっさんくらいか」

「誰だ?」

仕事が忙しくて、最近ろくにニュースを見ていなかったマトバは、その候補者の名前を知らなかった。

「ネイサン・カーンズ。シアトルで市長を二期つとめて、二年前からこの街の市議をやってた。政治的には中道右派ってところだ。……ああ、こいつ、こいつ」

TV画面に黒縁メガネの初老の男が映る。小柄で、人が良さそうな感じだ。選対スタッフのコーディネートなのか、着慣れない明るい色のスーツとネクタイで、地味なイメージを必死に取り繕《つくろ》おうとしている印象だ。

「婚活パーティに来たモテない会計士みたいだな」

ゴドノフが軽く笑った。

「でも市長の経験は豊富みたいだし、実務派だ。ほか二人の候補はひでえし。俺と嫁さんはこのカーンズにいれるよ」

ほかの候補と聞いて、マトバは不機嫌なうなり声をあげた。

「ノーバムが出てるそうだな」

「ああ。あのノ、ノ、ノーバムだ」

「だからニュースを見たくないんだ。油断すると、すぐにあいつの顔が出てくる」

モダ・ノーバム。

セマーニ人の人権活動家。弁護士。神官。

ハンサムで、知的で、弁舌《べんぜつ》も巧み。

だがマトバはこの男の邪悪な裏の顔を知っている。裏ではドラッグの取引と資金洗浄を取り仕切り、その豊富な資金で政界に食い込みつつある。彼ら風紀班が関わったシャーウッド高校の乱射事件は、この男が直接の原因だった。

あの乱射事件からまだ数か月なのに、世間ではほとんど忘れかけられている。

薬物の乱用で死亡したノーバムの『娘』、ノルネのことも、当時は報道された。これでモダ・ノーバムの政治生命はおしまいだろうとマトバたちは思っていたが、そうはならなかった。

ノーバムは記者たちから逃げ回ったりせず、むしろ妻と共に積極的に発言した。娘をドラッグから守ることができなかった悲劇的な両親を演じ、どこかから同じような親を連れてきて、一緒に悲しみを分かち合ってみせた。ＳＮＳではリベラル派の彼を支持する発言が相次いだ。そしてメディアの前で、ノーバム夫妻は在りし日の娘の写真パネルをかかげ、必ずこの街からドラッグを根絶してみせると誓った。

あらゆる発言のたったひとことだけでも間違えれば、彼は綱渡りのワイヤーからまっさかさまに転落していたことだろう。だが、やりとげた。ノーバムはそれこそ魔法のように、疑惑を同情にすり替え、危地を好機に変えてしまった。

厚顔無恥《こうがんむち》というよりほかなかったが、並の男にはできない離《はな》れ業《わざ》でもある。

「どうかしてるぜ。あいつが市長候補だなんて」

一緒にＴＶを見ていた、同僚のサンデル刑事がぼやいた。

「そうだがな。あいつをしょっぴけなかった、俺たちの落ち度でもある」

マトバが言うと、ゴドノフがうなった。

「証拠《しょうこ》が足りなかったよ」

「ああ、足りなかった。だがいつかは尻尾《しっぽ》を出す。必ずぶちこんでやる」

ニュース番組は、もう一人の候補の話題に移っていた。左派のノーバム、中道右派のカーンズの次は、極右のドミンゴ・トゥルテ候補。

トゥルテの主張は単純明快だった。

『宇宙人は宇宙に帰れ！』だ。

サンテレサ市の多数派である地球人の、低所得層が喜ぶ過激な発言。リベラルもマスコミもカンカンだが、なにしろわかりやすいので、プロレス的な人気を博している。

「チャンネル変えろよ。うんざりする」

「ああ」

ゴドノフがリモコンを操作してチャンネルを変えた。通販番組。料理番組。それからメジャーリーグの中継が映る。

ＬＡからだ。ＬＡ・ドジャースとサンテレサ・ウィザーズの試合。六対〇、七回裏。二日目だが、きょうもドジャースの圧勝で終わりそうだった。

一同は不満もあらわにうなり声をあげた。

「くそっ。ひでえな」

「さっきは三対〇だったのに」

「やっぱダメだ、今年は」

ウィザーズは我が町、サンテレサの野球チームだ。若い球団だが、去年までは快進撃、かなりいい線をいっていた。だが、今年はいまいちだ。

「な？　イチローを取るべきだったんだよ。ウィザーズのフロントはクソだ」

ゴドノフが言うと、サンデルが笑って手を振った。

「ふざけんな。あんな爺さんが役に立つかよ」

「おい、俺の祖国の英雄だぞ。言葉に気をつけろ」

「へいへい」

好き勝手に言っていると、試合の中継画面に速報のテロップが流れた。

『速報：市長選候補のカーンズ氏が演説会場で銃撃を受けた模様。カーンズ氏は重体。犯人は射殺との情報』

マトバたちは身を乗り出した。

「カーンズ？　あの地味なおっさんか？」

「さっきのチャンネル出せ」

ゴドノフがさきほどのニュースチャンネルに切り替える。かたやサンデルはスマホをせわしげにいじっていた。

TVに混乱する演説会場の様子が映し出された。

悲鳴と怒号。逃げまどう支持者たち。けたたましいパトカーのサイレン。

困惑した表情の女性レポーターが、会場をうろうろしながら、カメラに向かって叫んでいた。

『――あちらです！　カーンズ氏がいま、運ばれました。選対スタッフの呼びかけには応じていない模様で……ああ、神様。こんなことが起こるなんて！　ああ、神様！　ああ、神様！』

頭と胸から血を流しているカーンズ候補。ぐったりとして動かない。激しく動く画面のせいで、どんな怪我《けが》かはわからなかった。だがおそらく、助からないだろう。マトバたちは経験からそれがわかった。

選対スタッフだろうか？　スーツ姿の男が近寄り、『撮るな』と怒鳴る。カメラがふさがれ、はげしくブレる。

暗転。ニュース局のキャスターに画面が切り替わる。

『げ、現場は混乱している模様です……』

キャスターが言った。そんなのは明らかだし、おまえも混乱してるだろう、と指摘したくなる。

『このような事件が起きるのは……とても悲しむべきことです。引き続き続報をお待ちください』

それから何度も、不鮮明な銃撃の瞬間が繰り返された。聴衆の中から誰かが腕を突き出し、発砲。カーンズ氏が倒れる。

何度も、何度も。繰り返される。

表のプールから聞こえてくる独身女子組の笑い声が、やけに耳に残った。

「肉が焼けたぞ！」

エプロン姿のジマー主任がリビングに入ってきて、宣言した。

「さあ出てこい。貴様らに、本物の料理って奴を教えてやる。……どうした？」

「いや。いまニュースで……」

マトバが言いかけたところで、ジマーのスマホが呼び出し音を奏でた。なぜかケニー・ロギンスの『デンジャー・ゾーン』だった。

ジマーは休暇中に仕事の電話を受けた者特有の、あのこそこそとした仕草でリビングの片隅に移動して、不鮮明な声で誰かとやりとりした。それから不服そうに『わかった』と答え、電話を切り、ため息をついて、マトバたちに告げた。

「緊急召集だ」

ああ、やっぱり。

マトバたちは貴重な休暇が召し上げられたことを察して、のろのろと立ち上がった。

「市長選の候補が撃たれて、死んだらしい。犯人は射殺されたが、ヤクがらみの可能性もあるし、銃器の入手経路もある。全員、本部で待機しろ」

「了解」

おごそかに答えながら、マトバはひそかに喜んでいた。

ジマーが焼いた黒焦げのリブロースを食べなくて済むのなら、まあそれも、アリなのではないか？

一五年前。

太平洋上に、未知の超空間ゲートが出現した。常に形を変え、おぼろなまま揺れ動くそのゲート群の向こうに存在していたのは、妖精や魔物のすむ奇妙な異世界だった。

『レト・セマーニ』。

それは向こう側の世界に住む人々の言葉で、『人間の土地』という意味である。両世界の人類は何度かの争いを繰り広げながらも、交流の道を模索し続けていた。

カリアエナ島。サンテレサ市。

超空間ゲートと共に西太平洋に現れたこの巨大な陸地と、その北端に建設されたこの都市は、地球側・人類世界の玄関口にあたる。

二〇〇万を超える両世界の移民。
雑多な民族と多彩な文化。
そして持てる者と、持たざる者。

ここは世界で最も新しく、また最も活気に満ちた『夢の街』である。
だがその混沌《こんとん》の陰には、数々の犯罪がうごめいていた。セマーニ側の危険な魔法的物品と、地球側の兵器や薬物が裏取引され、また、かつてなかった民族対立と文化衝突が新たな摩擦《まさつ》を生み出している。

この街の治安を預かるサンテレサ市警は、常にそうした事件、特殊な犯罪に立ち向かっているのだ。

RAFT

EP.07
A KING MAKER
合意の形成者

COP C

1

カーンズ候補を銃撃した犯人は、地球年齢で三二歳のセマーニ人だった。コンビニの店員で独身、交通違反以外の犯罪歴は一切ない男だった。

SNSのログを読んでも、政治的な主張はほとんどない。きょうのランチの写真をアップしたり、ARゲームのキャプチャ画面を載せたり、野球の中継にしょうもない野次を飛ばしたりと、実に『地球人らしい』セマーニ人だ。近ごろはこういう連中も珍しくはなくなってきている。

氏名はジョン・エンナジ。ファーストネームは地球に移民したときに自分で決めたのだろう。彼の上司や同僚、友人たちは、一様に驚いている。誰もが口をそろえて、『彼に限って、ありえない』だの『なにかの間違いでは?』だのと証言している。エンナジの性格はやや気弱なくらいで、仕事でも我を通すようなことはあまりなかった。

銃の所持歴もない。そもそもエンナジは銃など触ったこともないはずで、あの距離からカーンズ候補を正確に撃つ芸当など、彼にはとても無理だと知人友人は証言していた。

とはいえ、中世レベルの文明であるセマーニ世界で生まれ育ったのに、すんなりARゲームやSNSを使いこなすような男だ。ひそかに銃の腕を磨いていたとしても不思議ではない。

犯罪現場でエンナジが使った銃は、四五口径。コルト・ガバメントのコピー品だった。おそらく密造銃だろう。火器の密売も監視している風紀班のデータベースには、同種の密造銃は該当しなかった。どこで作られたのかも特定できそうにない。

そうなると、ジョン・エンナジの人物像は奇妙なことになる。

周囲の誰にも気づかれないほどひそかに政治的不満を抱《かか》え、出所不明な密造銃を入手するほど裏社会に通じており、プロでもちょっと自信が持てないくらいの二〇メートルの距離から、きっちりとカーンズ候補の胸と頭を撃ち抜いた。

これはちょっと、考えにくいことだ。最近は警察のデータベースもなかなか性能がいい。市警が採用しているＡＩはエンナジの経歴、居住地域、収入と支出、交友関係――そのすべてが、彼は犯罪とは無縁な男だったと分析している。

事件から六時間たったいま、メディアは『平凡な男が、なぜこんな凶行を？　警察はなにかを隠しているのでは？』などといったミステリーをたれ流しているのだが、いまのところ、警察にだってさっぱり事情がわからないのが本当のところだった。カメラとマイクの集中砲火を受けている市警本部長は、心の中で『こっちが聞きてえよ、ボケ！』と思っていることだろう。

マトバたちは現状、明らかになっている事実だけを元に、捜査を進めていた。だがタレコミ屋の情報、過去の記録、どれも空振りだった。

犯人のエンナジは、風紀班の知りうる限りでは、銃にも麻薬にも手を出していなかったようだ。これはデータベースには登録できない、微妙だが重要な情報だった。売人や情報屋の噂《うわさ》話や、心当たりや、利害関係の駆け引きや——そうした会話の機微《きび》に関わるものなので、数値化もできないし、信用度も評価できない。

マトバは同僚たちの意見を聞いて、『少なくとも、エンナジと裏社会との関係性はほとんどゼロに近い』と結論し、その旨をジマーに伝えた。『あり』か『なし』かは、刑事たちの経験頼りだ。

その線での捜査は、たぶん無駄だろう。緊急召集で仕事はしたが、風紀班はこの件でたいして貢献できない。

通常の勤務シフトに戻してこの場は解散。妻帯者の刑事はパーティのすっぽかしで不機嫌な嫁さんのご機嫌取りをすべく、すみやかに帰宅すべし……ということになる。

「普通に考えれば、そうなるわけなんだが……」

市警本部の特別風紀班オフィス。ガラスの壁で仕切られた執務室で、ジマーが言った。急いで自宅のパーティ会場から駆けつけたせいで、いまだにエプロン姿のままだった。

「まだなにか問題が?」

「リック・フューリーの件を思い出してな」

「ああ……それね」

いまは亡きかつての相棒の名前を聞いて、マトバはすぐに理解した。

ティラナがこの風紀班に来るきっかけとなった事件だ。高級ドラッグの『妖精の塵《フェアリー・ダスト》』を常用していたフィリピン人が、素手でリックを惨殺した。その直前まで、チンピラらしく罵声《ばせい》をわめきちらしていた男が、突然、人が変わったようになって襲いかかってきたのだ。まるでロボットかなにかのように。

その後、地球にやってきたばかりのティラナの助力で、セマーニ人の『魔法使い』であるゼラーダという男が、『魔法』でフィリピン人を操っていたことがわかった。その事件——リックの死はもっと大きな陰謀や裏切り、あれやこれやの一部だったのだが、ひとつの発端ではあった。

「俺の報告書を？」

「もちろん読んだ。おまえの歯切れの悪い文章を、隅から隅までな」

「そりゃ、歯切れも悪くなりますよ」

のちの大陪審で、この魔法は『証拠《しょうこ》』や『事実』としては採用されなかった。科学的に証明、あるいは再現できないからだ。

マトバも報告書にこうした『魔法』のことを書くのは、いつも気乗りがしなかった。なにしろ、公式の文書に『まほうつかいがまほうをつかった！』なんて書けるわけがない。

仕方がないからマトバたちは、『魔法』という言葉の代わりに、いろいろと取り繕《つくろ》った表現を使う。幻覚の魔法は『セマーニ世界由来と思われる未知の心理的・物理的トリック』と表現し、吸血鬼の存在は『通常では考えられない身体能力、耐久力を備えた反社会的セマーニ人女性』だのと表現する。

そしてリックを殺したフィリピン人とゼラーダの関係については、こう記述した。

『このゼラーダと呼ばれるセマーニ人男性は、セマーニ世界由来の未知の手段でフィリピン人男性カルロ・アンドラーダに働きかけ、彼の意思に反してリック・フューリー刑事を襲撃させたものと思われる〔※この〝未知の手段〟については、ミルヴォア騎士ティラナ・エクセディリカの宣誓供述書（D−250129a−021）三六ページを参照のこと〕』

とはいえ、いくらこう書いたところで、検事や判事たちは必然的にティラナの供述書を参照するから、けっきょくあのバカの『まほうつかいがまほうをつかった！』的な証言に遭遇し、頭を抱《かか》えるわけなのだが。

正直、こんな街なのだし、いいかげん『魔法』に相当する法律用語を定義してほしいところだ。しかしこの作業が一向に進んでいない。なにしろ、地球人にはよくわからない『セマーニ的超常現象』なんて表現を認めてしまったら、なんでもありだ。推理小説で『中国人』を出すようなものだ（注：ノックスの十戒における魔法使い的登場人物のこと）。それでは法律が法律として機能しなくなってしまう。かくしてマトバたちの報告書上では、歯切れの悪い言葉遊びが続いているのだった。

とにかく、ジマーはあの報告書を読んでいるわけだった。カーンズの射殺事件について、言いたいことは察しがつく。

「えー……つまり主任はこう言いたいわけですか？　カーンズを撃った犯人が、魔法で操られていたと？」

「そうはっきり言うな」

渋い顔でジマーは言った。魔法などと、大の男が口にするのが憚《はばか》られるのだろう。彼は内線電話をティラナの席につないで、ひとこと『来い』と告げた。

「念のためだ。念のため。おまえ、いますぐエクセディリカと検死局に行って確認してこい」

「いますぐ？　この格好で？」

いまのマトバは自前のTシャツにハーフパンツ姿だった。ジマー邸からオフィスに駆けつけ、電話と書類に格闘していたせいで、いつもの高級スーツに着替えている時間などなかったのだ。

「いますぐだ」

「気が進まないな。きっと検死局ビルにはほかの部署の刑事もつめかけてますよ。重要事件だから」

「おとり捜査じゃないんだ。格好なんぞ、どうだっていい」

そこでティラナがノックして入ってきた。

「呼んだか？　警部」

彼女は水着姿にヨットパーカー、ビーチサンダルという格好だった。これもマトバたちと同様、着替える時間がなかったからだ。

「あー。もう一度聞きますよ、主任。いますぐ、この格好で?」

「? なんの話だ?」

ティラナが小首を傾げる。

「うるさい。しのごの言わずに、行ってこい!」

たじろぎもせずに、エプロン姿のジマーが言った。


意外なことに、ティラナはほとんど不服を唱えなかった。

射殺された襲撃犯の行動が、あのゼラーダの魔法『死人《しびと》操り』によるものかもしれないと聞いたとたん、『すぐ行こう』と鼻息を荒くしたのだ。もはやいてもたってもいられない様子だった。

「わたしもその可能性は考えていた。おまえにも話そうか迷っていたところなのだ。だが、ジマー警部がそこに気づくとはな。官僚主義に毒された地球人《ドリーニ》にしては見どころがある。すばらしい」

「俺はさっさと帰りたかったんだがね。やれやれ……あのオッサン、妙なところで目端がきくんだ」

投げやりに言うと、ティラナがむっとした。

「異なことを。おまえはカーンズ候補を葬った真犯人を、捕まえたいと思わないのか?」

「別に。目の前でカーンズを撃とうとしてる奴がいたなら、捕まえるさ。だがな……政治屋だろ？　貴重な週末を返上してまで、仇《かたき》を取りたいとは思わない」

「ケイ……！」

「冗談だよ」

たぶんセマーニ人のティラナは、地球の民主政治のむなしさについてなにも知らないのだろう。

政治家が掲げるスローガンの、あの空虚な響き。公約は破られ、政策は二転三転し、マスコミは政治家の利権を暴くより先に女関係を暴く。みんなうんざり。投票にも行こうとしない。カーンズとかいうおっさんが死のうが生きようが、自分にとっては関係ない。クソみたいな日常が続いて、たまに同僚が殺されて——だというのに許されるのは、せいぜい仲間内でグチをこぼすくらいだ。

「わたしはおまえたち地球人《ドリーニ》のデモクラシーに、いくばくかの感銘を受けているのだ。いや、もちろん我がファルバーニの国王陛下への忠誠心は揺るがぬが、民草の気持ちをすこしでもくみ取ろうとする制度はすばらしいと思う」

こいつのデモクラシーは、たぶん江戸時代の目安箱あたりのイメージなのだろう。

「こたびの事件は、その制度に真っ向から宣戦布告するようなものだ。決して許されるものではない。ましてや、もしあのゼラーダが関わっているとしたら……これはわたしたちの大いなる宿命ともいえるだろう」

いやはや、大いなる宿命ときた。

「御託《ごたく》は立派だが、そんな格好で言われてもなあ……」

マトバはぼやいた。彼はTシャツにハーフパンツ。ティラナは水着にパーカー、ビーチサンダルのままだった。

いまは深夜だ。いつもの裏口経由で、市警本部の向かいに建つ検死局ビルに入ると、玄関ホールで知り合いのSWATの隊員に出会った。ボディアーマーにカービン銃。完全武装だ。万一の襲撃に備えているのだろう。

「お二人さん。ビーチバレーの大会はもう終わったぞ」

「オフだったんだよ」

「だろうな。わざと言った」

「ふん」

次に無人の受付デスクで面会申請のタブレットを操作していると、ATF（アルコール・タバコ・火器取締局）の顔見知りに声をかけられた。

「なんだなんだ？　アルハンブラの安リゾートから駆けつけたのか？」

「そんなところだ」

「飲酒運転で？」

「やめてくれ」

マトバはうんざりして手を振り、にやにや笑うATF局員から離れる。

そしてホールの向こうでは、検死結果を待っているのだろう——市警本部の殺人課の連中が、ひそひそささやいて笑っていた。

「うるせえぞ！」

怒鳴ると、その刑事たちはおどけた仕草で架空のビール瓶をかかげ、『乾杯！』とやってみせてきた。まったく、どいつもこいつも。休暇中の急な呼び出しという事情はもちろんわかっているだろうに、退屈しのぎでからかってくる。

いつもは鼻持ちならない高級スーツでビシッときめているマトバが、その辺の無職の兄ちゃんみたいな格好で、ガキみたいな水着のティラナを連れ歩いてるのがおかしくてしょうがないのだろう。

「くそっ。だからイヤだったんだよ……」

「よくわからんのだが。わたしたちは侮蔑《ぶべつ》されているのか？」

いらだたしげな声でティラナが言った。水着姿のまま、長剣《クレーゲ》の柄に指を這《は》わせている。

「ほっとけって。みんなイライラしてて、おふざけがしたいだけだ」

「ふーむ……」

なにしろ週末だ。みんな着替える時間くらいはあったようだが、のんびり家族や恋人、友人と楽しく過ごしていたのに、政治家の射殺事件でこのざまだ。

自動受付のタブレットの表示では、検死局の副監察医——セシル・エップスは現在検死作業中で、まだ二時間以上は会えないということだった。

とはいえ毎度おなじみ、勝手知ったる検死局ビルだ。マトバはその表示をきっちり無視して、地下の検死室に向かった。

ドアをノック。

「いるか、セシル？　入るぞ」

「ケイ？　待って——」

かまわずドアを開けて検死室に入る。

驚いた顔のセシルがいた。その助手もいた。犯人ジョン・エンナジの死体もあった。

問題なのは、その部屋に錚々《そうそう》たるお歴々がいたことだ。市警本部長と市長補佐官、対テロユニットの主任警視とＦＢＩ支局長、ＡＴＦ支局長、シークレットサービスの連絡官と地方検事局の検事長。セシルの上司の検死局長もいる。

いってみれば、サンテレサ市の公安サミットだ。有力候補が殺されたのだから、こうなることは予想できたのに、すっかり失念していた。

そのお偉いさんたちが、そろってとがめるような目で、こちらを見ている。リゾート気分たっぷり、Ｔシャツに短パンのマトバと、水着にパーカーのティラナを。

「君たちは？」

三つ揃いのスーツに身を固めた、市長補佐官がとがめるように言った。ほとんど殺気に近いような眼光だった。

「あー……」

マトバは言いよどみ、ティラナの背中を押した。

「一分で済みます。うちの警察犬《K9》に仕事をさせたくて」

たぶんお偉いさんたちに検死の途中報告をしていたのだろう。セシルがため息をついて、声を出さずに、口パクで『バカ』と言っていた。

「主任の勘は正しかった」

検死局ビルを後にしてから、ティラナは言った。

「あの犯人――エンナジとやらは、死人《しびと》だった。何者かに操られて、犯行に及んだのだ。使い手はおそらくゼラーダだろうが……」

偉いさんたちにマトバがあれこれと言い訳をしている前で、ティラナはそそくさとジョン・エンナジの遺体の周囲をうろつき、小鼻をくんくんと鳴らしていた。

例の魔法エネルギー、『ラーテナ』をかぎつけたのだろう。彼女はそっけなく『十分だ。行こう』とマトバに告げた。

検死局と市警本部を挟むブルーバー通りを横切りながら、マトバは念を押した。

「間違いないんだな?」

「九割はな。あの『吸血鬼《ラーデ・ネーヴエン》』の事件でも、地下鉄で発見された一般市民の死体は同じ『匂い《プラニイ》』がした。断言はできないが……そう、ゼラーダの術だと思っていいだろう」

「あいつがこの件に噛《か》んでいるのか」

「死人《しびと》操りの術は、そう多くの者が使えるわけではない。ゼラーダ以外にそうした術師《ミルディーター》がいる可能性は否定できないが……」

二人は市警本部ビルに入った。いつもの『裏口』を使わなかったのは、急いでいたからだ。ホールからエレベーターへと通路を歩いていると、若い制服警官とすれ違った。顔見知りというほどではないが、いちおうは見覚えがある程度の相手だ。

彼がティラナを見て、舌打ちした。

ほとんど聞き取れないくらいだったが、『宇宙人《E・T・》め……』とつぶやいていた。

「おい、待て」

マトバも疲れていたのかもしれない。普段なら聞き流していたところだが、いまはその巡査の態度にえらく腹が立った。

「おまえ。いま、何て言った?」

「え……なにも」

「嘘《うそ》をつくな。おまえ、いまこいつを見て何て言った？」

「し、知りません」

巡査の顔は青ざめていた。マトバが首からぶら下げているＩＤに気づいたのだろう。マトバもティラナも巡査部長だ。新人の彼が侮蔑《ぶべつ》していいような階級ではない。

「嘘をつくなと言ったはずだ。俺には聞こえたぞ？　舌打ちして、『宇宙人め』と言ったな？　俺の相棒を侮蔑した。貴様、どういうつもりだ？」

「申し訳ありません」

マトバは相手の名札を見た。

「サンダース巡査」

警官という人種は、トラブルの相手に名前を覚えられることをおそれる。ひどくおそれる。それを知ったうえでマトバは繰り返した。

「サンダース。サンダース。サンダース巡査。なぜそんなことを言った？」

「え……」

「なぜ彼女と俺に聞こえるように、わざわざ侮蔑をしたのか、と聞いてるんだ」

「それは……その……」

「答えろ」

「あの、どうか……」

「ケイ。もういい」

やりとりを見守っていたティラナが控えめな声で言ったが、彼はそれを無視した。

「サンダース巡査。俺は答えろと言ってるんだ！　答えろ！」

「あ、あの。その……」

短髪のタフガイ気取りの若者は、ひどく狼狽《ろうばい》していた。いまにも泣き出しそうなくらいだ。

「ど、どうか……許してください。僕の家族は保守的で……。その、カーンズ氏を支持してたんです。それで、その……きょう、あんなことがあって。は、犯人がその……あちらの人だったから……」

カーンズ候補を射殺した犯人のエンナジはセマーニ人だった。それだけの理由で、この巡査はティラナに怒りをぶつけてきたのだ。

「へえ。こいつがカーンズを殺したのか？」

「違います」

「じゃあ、おまえの家族を殺したのか？」

「いいえ」

「だったら、おまえがこいつを侮蔑《ぶべつ》する理由があるのか？　おまえ、いったい何様だ？　いつもそんな調子で市民に接してるのか？」

「ケイ！」

ティラナが強い力で腕を引いた。

「なんだよ。俺は――」

「もういい。行こう」

「だが――」

「いいのだ。行こう」

まだ腹の虫が治まらなかったが、マトバは不承不承《ふしょうぶしょう》うなずいて、その場を後にした。

最後にちらりと巡査を見る。

恥辱と困惑、怒りと罪悪感、それらがないまぜになったあの表情。警官の誇りなどいまでは微塵《みじん》もない。

なんともいやな気分だった。

エレベーターに乗って二人きりになると、ティラナが言った。

「恥ずかしかった。ああいうのは、やめてほしい」

「すまん」

「だが、感謝はしておこう」

「おまえに感謝されたくて言ったわけじゃない。ムカついたから、つっかかっただけだ」

「そう言うと思ったぞ」

ティラナは冷ややかな笑みを浮かべた。

「だいたい『宇宙人』なんて、いつもおまえが使っている言葉だ。どの口であんなことが言えるのだ?」

「俺のは……ほら、冗談みたいなもんだ。ニュアンスが違う」

「ほう。あの巡査の言う『宇宙人』と、おまえの言う『宇宙人』は別だと?」

「同じだけど違うんだよ。街のチンピラが使う『ビッチ』みたいなもんだ。カッコつけて自分の女を『ビッチ』って呼んだりするだろ? でも他人が自分の女を『ビッチ』って呼んだら激怒する。あんな感じだよ」

ティラナは少しの間、無反応だった。

エレベーターが一〇階に到着した電子音が響いたところ、彼女は言った。

「わたしは……おまえの女ではないぞ?」

「もちろんだ。たとえ話だよ。アホらしい。もうやめだ、やめ」

「ふむ。では、このあたりでやめにしておいてやろう。感謝するがいい、『野蛮人《ドリーニ》』」

「うるせえ、宇宙人」

いつもの調子でその言葉が使えたことに、マトバはひそかにほっとしていた。

ティラナはビーチサンダルをぺたぺたさせて、廊下を先に歩いていく。

その背中を見ながら、もしかしたら、いまの会話は彼女なりの気遣いだったのではないか、とマトバは疑った。

「なにかあったのか?」

と、執務室のジマーが言った。まだエプロン姿だ。

「別に。それよりメッセでも送ったけど、クロでしたよ」

「エンナジは操られていた。おそらくはゼラーダの仕業だ。ジマー警部、あなたの見立ては正しかった」

ティラナが言うと、ジマーは嘆息《たんそく》した。

「残念だ。当たってほしくなかった」

「なぜだ?」

「決まっとる。これから関係各部署に、こう通達しなけりゃならんからだ。『魔法使いに気をつけろ!』とな」

「そりゃキツい」

と、マトバは小さく笑った。

「術師《ミルディーダ》に気をつけるよう警告を発することの、なにが問題なのだ?」

「恥ずかしいだけだ。気にするな」

「ふむ。……よくわからぬが、奴を捜さねばならない」

「そうだ。野放しにするわけにはいかん。地球人の候補者を、セマーニ人が撃ち殺したんだ。

これはよくない。真相を究明しないと、もっと面倒なことになる」

と、ジマーが言った。

「なにが面倒なのだ？」

「民族対立だよ。さっきのアレみたいな。わかるだろ？」

「ああ……」

ティラナの顔が曇った。

先刻のホールでのサンダース巡査とのトラブルは、状況の深刻さを物語っている。地球人の——それも比較的まじめな中流家庭の人間は、心の底でこう思っているのだ。『ほらみろ。やっぱり、宇宙人はなにをするかわからない』と。

統計的には、サンテレサ市に住むセマーニ人の犯罪率は、際だって高いわけではない。ただ、同時に低くもない。ほかの低所得層が多い地球系民族——アフリカ系やヒスパニック系より、ちょっと低いくらいだ。

ただし、悪目立ちする。なにしろ地球外の生命体だ。しかも難民が多い。地球のルールに適応できず、経済的にも不利になることが多いため、必然、犯罪に手を染める者が多くなる。

このサンテレサ市があるカリアエナ島の出自も厄介だ。

もともと、このカリアエナ島はセマーニ世界の半島だった。それがあの『大出現』によって、太平洋上に転移してきたのだ。セマーニ人にとっては、この島は『われわれの世界のもの』という意識が強い。地球人の移民はよそものなのだ。

ところが地球人にとっては、このカリアエナ島は『火山活動で生まれた新島』くらいの認識しかない。セマーニ由来の自然や文明があっても、ここは地球の太平洋だ。カリアエナ島も、地球のルールに従うべきだ、と。

その両者の意識のギャップを埋めることは、簡単ではない。

サンテレサ市はわずか一五年で急激に成長した人工都市だ。建物のほとんどは、地球文明の技術で建設されたビル群ばかり。そこに住む地球人が、『この街はわれわれのもの』と思うのも無理からぬことだろう。だが、セマーニ人にしてみれば、『われわれの土地に勝手に街を建設した奴ら』と見えるのも、また致し方ない。

しかもサンテレサ市警を構成する職員はすべて地球人だ。ティラナのようなテストケースは、まだほとんどいない。地球人から一方的に取り締まりをうけるセマーニ人という構図が、また問題を複雑にしている。

きょうの射殺事件で、あのサンダース巡査のように殺気だった警官から、不当な扱いを受けるセマーニ人も出てくるだろう。

「できるだけはやく真相を究明しなけりゃならん。たとえセマーニ人であるゼラーダが犯人だとしても、だ」

「だとして、どうやって尻尾《しっぽ》をつかめばいいのやら。神出鬼没の魔法使いなんて、ＣＬＡＲにも引っかからないだろうし」

　マトバがぼやくと、ジマーは吐き捨てるように言った。

「CLAR？　くそくらえだ」

『CLAR』は、サンテレサ市警が採用しているAI支援型の公安データベースだ。前科者や危険思想の持ち主の住所、経歴、その他もろもろを分析し、リアルタイムで犯罪の発生を防ぐようにできている。

　街中の防犯カメラともリンクされており、顔認識機能を援用して、『いつ』『どこに』『どんなヤバい奴が』『どうしているのか』までを監視する。一般市民でも気軽にアクセスでき、前科持ちの顔写真と住所を閲覧できる。

　おかげで地元署のパトカーは、CLARの指示に従って、ヤバいヤマが起きそうな場所に張り込むことができるというふれこみだ。確かに便利なシステムではあるのだが、残念な影響もあった。市政府はこのシステムを根拠に、警官の人員削減を進めようとしているのだ。

　どこかで悪党が犯罪をたくらんでいるのなら、このシステムで予測ができる。だったら、警官の人数も少なくて済むではないか。……という理屈である。

　実状は、そんな簡単なものではない。ヤバい地域の防犯カメラはすぐに缶スプレーの餌食《えじき》になるし（それに盗まれるし）、警察ご自慢のすばらしいAI様は、要注意人物の顔を二〇パーセントくらいの確率で間違える。

二〇パーセント。五回に一度だ。お話にならない。

一二分署の管轄で一晩に行われるヤクの取引は五〇回をくだらないのに。そんなクソ情報が、なんの役に立つ？

現実の混沌《こんとん》に対処するには、経験を積んだ大勢の警官が絶対に必要だ。毎日、現場をパトカーで走り回り、おっかなくてめんどくさくて疲れる『団地の見回り《ヴァーティカル・パトロール》』をして、顔見知りの住民としょうもない会話をすることが、ひいては地域の安全を守ることにつながる。

分署勤めが長かったジマーの実感なのだろう。

要するに、くそったれのAI様なんぞに頼って、あの狡猾《こうかつ》なゼラーダを見つけられるなら苦労しない、ということだ。

「まあゼラーダを見つけるのには役に立たないでしょうけど、あれはあれで便利ですよ。一匹狼《ローン・ウルフ》型のテロリストを発見するのには貢献してるっていうし」

「カーンズを殺した銃の入手経路もわからんではないか。役立たずだ」

そこでティラナが咳《せき》払いした。

「よくわからんコンピューターの話はいいから、方針を決めぬか？　ここは基本に立ち返るべきだと思うぞ」

「なんだよ、基本って」

「損得だ。カーンズ候補が死んで、誰が得をする？」

「そりゃあ……対立候補だろう」

「つまりノーバムだ。奴がいちばん怪しい」

マトバはため息をついた。

「そんなの、いちばん最初に連想したよ。だが奴とエンナジをつなぐ線は見つかってないし、いくらなんでもわかりやすすぎるだろ」

この事件ではほかの部署も総動員で動いている。情報はオンラインで可能な限り共有されているが、どの部署も実行犯のエンナジと『モダ・ノーバム候補』を結びつける手がかりを見つけていなかった。

「だとしても、ノーバムを厳しく問いつめるべきだ。いますぐ行こう」

「いかん」

ジマーが即答した。

「なぜだ?」

「時計を見ろ。夜中の二時だ。それにノーバムには、すでに市警から護衛要員を派遣しているし、FBIが事情聴取をしている。犯人扱いなんぞしたら、『選挙妨害だ』と騒ぎ立てられるぞ」

「む……」

「だが、アポはとってやる」

「?」

「警備上の支援だのなんだの、口実はつくるから。とりあえず探りを入れてみろ。おまえらとは因縁浅からぬ仲だ。ＦＢＩのエリート捜査官ではわからんことも、わかるかもしれん」

ジマーが自分のタブレットＰＣをつかみあげて、メールを打ち始めた。

「どうかな。あの野郎が尻尾《しっぽ》を出すとは思えませんがね」

「いや、締め上げればわかると思うぞ」

ティラナが言うと、マトバとジマーは同時に答えた。

『締め上げるな』


ノーバム陣営のアポなどとれるのか、マトバは疑問に思っていたが、意外なことにノーバムは面会を受け入れてきた。

ただし週明けの月曜日、政治集会の会場でほんの五分ほどという条件だった。

「一日以上待てというのか？　悠長な！」

とティラナは憤ったが、これればかりはどうしようもない。

一夜明けた日曜日、マトバとティラナは実行犯のエンナジが使った銃の入手ルートを探ることに費やした。何人かの密売業者にあたって、探りを入れたり脅かしたり。しかしこれといった成果は上がらなかった。

「ここまで網にかからないのは、むしろ不自然だな……」

夕方、アラモ・パークのラバーズ通りでコルベットを走らせながら、マトバは言った。

「どういうことだ?」

助手席のティラナがたずねる。きょうはファルバーニ柄のチュニックとキュロットスカートだ。暑い季節なので、鎧《よろい》に変化する長衣は普段は着ないで持ち歩くだけにしている。

「普通だったら、犯行に使われた銃の入手経路くらいは得られるはずだ。ところがまったく、完全に空振りだ。ATFの連中も同じみたいだしな」

「普通では考えられない、まったく別のルートだと?」

「そうとしか思えない。銃を調達したのは、実行犯のエンナジじゃなくてゼラーダだろうが」

ゼラーダが黒幕だと仮定して、の話だが。

「セマーニ人が、そこまで秘密裏に銃を入手できるとは……ちょっと考えにくい。いくらゼラーダみたいな奴だとしてもだ」

すでにエンナジの銃についての暫定《ざんてい》的な鑑定データは出ていた。刻印のまったくない、コピー品。ただ工作精度はきわめて高い。正規品に負けないくらいだ。

コピー元になったコルト・ガバメントは、一〇〇年以上前に設計された銃だ。とてもシンプルな構造なので、知識と経験のある職人なら現代のありふれた工作機械で製造できる。

使われた弾薬もファクトリー・ロード(工場製)のものではなかった。弾頭《ブレット》やケースどころか、火薬《パウダー》やプライマーさえも手作り品だ。これでは足跡を追うことが非常に難しい。指紋もエンナジのもの以外はまったくない。あらゆるパーツについても、だ。

「全部手作りだなんて。そんな工房があったら、さすがにどこかの部署が気づきそうなもんだ」

「だが、見つからない。組織的なものだと言いたいのか？」

「わからん。どこかのガンスミスの気まぐれかもしれない」

全米で毎年、盗まれる銃器は数万挺《ちょう》だ。例のCLARでは追跡しきれない種類のものも多い。マイナーな盗品市場で調達すれば、『どうやらこのあたりで買ったようだ』というくらいの痕跡は残るが、当局はそれ以上の追及をできない。

「渋滞か」

ティラナがつぶやいた。ラバーズ通りが混んでいる。三車線の道路をのろのろと進む車列。さっきは大統領専用車《キャデラック・ワン》くらいの速さだったのに、いまはもっと遅くなっている。

「くそっ。そういや日曜の夕方だった」

「間に合うのか？」

「どうだかな」

カーンズ殺しの捜査とは別に、今夜マトバたちはセブン・マイルズのクラブでパーティに出席しなければならない。おとり捜査上の仲買人ケイ・マノベとして、別件で内偵中の麻薬密売人に誘われているのだ。

「まあ、ちょっと遅刻したって別にいいだろ。今夜はただの顔見せくらいだし」

「それはそうかもしれぬが」

そう言いながら、ティラナは車のバックミラーをのぞき込んでいた。化粧と髪型を軽くチェック。地球人から、自分がどう見えるか意識しているのだろう。

理想の外観は厚化粧のセマーニ人娼婦だ。実は変態趣味のある仲買人マノベの、情婦兼護衛に見えるように。

彼女の場合、本来の化粧の目的が逆になっている。

ティラナは薄化粧のほうがずっと美しい。

ファンデーションなど要らないくらいのなめらかな頰《ほお》だし、彼女の目や唇をもっと華麗に描くアイシャドウやマスカラ、リップグロスなどは、たぶん地球上には存在しないだろう。街中を歩くと目立ちすぎるので、最近の彼女は安っぽい厚化粧の、地球流『術《ミルディ》』を習得したのだった(この辺はおもにジェミーたちの指導による)。

「どうだ、ケイ?」

「うん。野暮ったいな。ヤク中の安娼婦みてえだ。合格」

「そうか。……ならばいい」

満足そうでありながら、不服そうな――なんとも複雑きわまりない表情で、ティラナはうなずいた。

「なんだ、その顔」

「別に」

「なんか言いたそうだな。怒ってるのか？」

「ばか《ラケバイ》」

「これだよ。わけわからねえ。どうしておまえは――」

そのとき、信号待ちの車列に並ぶ彼らのもとに、けたたましい音声が響いてきた。

ゴー・ホーム。

ゴー・ホーム。

ＥＴ、ゴー・ホーム。

見れば西側のアルプス地区から、大勢の地球人たちが行進してくる。

プラカードと横断幕。いかにも地球人らしい、各自の民族衣装を身につけて。

ゴー・ホーム！

ゴー・ホーム！

ＥＴ！　ゴー・ホーム！

デモ隊が近づいてくる。

「もめ事はごめんだからな。無視しろよ？」

「……わかっている」

ティラナはうつむき、膝《ひざ》の上あたりをじっと見ていた。

渋滞で動けないコルベットの脇、ほんの二メートルくらいの距離にある歩道を、デモ隊が通っていく。

ゴー・ホーム!

ゴー・ホーム!

ET! ゴー・ホーム!

二〇〇メートルくらいの列だろうか。地球人たちは叫び、抗議し、拳《こぶし》を突き上げる。

暴力的なデモではなかった。主張をしているだけだ。なかには助手席のティラナに気づく者もいたが、彼女に罵声《ばせい》を浴びせてくるわけではない。

だが数百人が集まれば、一人か二人は救いようのない愚か者が出てくるものだ。『地球の子供たちを守れ』だのと書き殴られたプラカードを持った中年女が、興奮もあらわにコルベットのボンネットをたたいた。

「ずいぶんなご身分ね!」

女が叫んだ。

「あたしはあんたら宇宙人にパートの仕事を奪われたのよ!? それが、こんなガソリンのクルマに乗って。何様なの!?」

ティラナはうつむいたままだ。

だがマトバは、『宇宙人』がどうこうという問題以前に、クルマのボンネットをたたかれたことに腹が立っていた。

　このババア。だったらくそったれの安っぽい電気自動車に乗って、その辺のバカでも転がせる自動運転でもしてればいいってのか。俺は死んでもごめんだぞ。このエコ・ファシスト、電気ファシストめ。くたばりやがれ。そして内燃機関よ、永遠なれ。

　ギアをニュートラルにしたまま、アクセルをベタ踏みする。フルスロットルの空吹《からふ》かしで、コルベットのＶ８エンジンが咆哮《ほうこう》した。大気を震《ふる》わす、猛獣のうなり声。中年女が驚き、後退《あとずさ》りする。

「ひっ……」

「失礼！　ポンコツでね！」

　渋滞の車列がすこし動いたので、ゆっくりと前進する。しばしあっけにとられていた女が、口から泡を吹くようにして何かを怒鳴っていたが、こちらにはまったく聞こえなかった。エンジンの空吹かしを繰り返していたからだ。おかげで連中の『ＥＴ、ゴー・ホーム』もかき消された。

「ケイ。『もめ事はごめんだ』と言ったのはおまえだろう」

　Ｖ８エンジンで『ワン！　ワン！　ワワン！　ワン！　ワワン！　ワワン！』と、昭和時代の暴走族がやったあのリズムを演奏しながら、マトバは聞き返した。

「あ？　なんだって!?」

「もう知らぬ！　勝手にしろ！」

「おう、いい音だろ⁉」

デモ隊が通り過ぎたおかげで、渋滞が解消されてきた。車列がするすると加速する。

マトバも迷惑な空吹《からふ》かしをやめて、パーティ会場への道を急いだ。

その夜、ティラナの顔は浮かないままだった。

ET、ゴー・ホーム。

あのデモ隊のかけ声が、彼女の耳にずっと残っていたのだろう。

2

月曜の朝だというのに、そのコンサートホールには大勢の人々が詰めかけていた。入場を待つ行列が、敷地をぐるりと取り囲んでいる。

会場のあちこちに、青を基調にしたポスターが貼ってある。

『モダ・ノーバムを頂点へ！』

文字の横には、あの男の写真があしらってある。水色のスーツがよく似合う、洗練されたたたずまい。知的で、ひかえめで、すこしはにかんだような笑顔だった。

「いやはや、あざといポスターだな」

車を減速させながら、マトバはぼやいた。

「俺ですら、あの野郎が本当はいい奴なんじゃないかと思っちまいそうだ」

「気持ち悪いことを言うな。まだ奴のまやかしの術が残っているのか？」

「ただの皮肉だよ」

駐車場に入り、テレビ局の中継車と三分署のパトカーの間にコルベットを停める。車を降りる前に、トムフォードのサングラスをかけた。

関係者用の入り口に向かう。セキュリティは厳重で、金属探知機と警察犬のチェックを受ける必要があった。警察犬は爆発物の臭《にお》い専門に訓練を受けたシェパードで、自分の仕事を心から楽しんでいるようだった。

セキュリティに銃を預けてゲートをくぐる。返してもらうのは、この建物を出るときだ。

「まったく……長い行列ができるわけだ」

後からゲートをくぐってきたティラナが、不愉快そうに言った。愛用の刀剣と長衣を、赤の他人に預けるのはひどく気に入らなかったのだろう。

ティラナの長衣は金属探知機に反応してしまう。彼女の『魔法』で白銀色の鎧《よろい》に変化するからだ。原理は知らないが、なにもないところから金属が出現するわけではないらしい。マトバは以前に自宅の掃除中、リビングに放置されていたあの長衣をどけようとして、持ち上げたことがある。軽やかな外見とは裏腹に、鎖かたびらみたいにずっしりと重くて驚いた。

セキュリティから離れると、ティラナが嘆息《たんそく》した。

「一人一人、こんな厳しく調べるのか？　よくみんな我慢できるな」

「仕方ないさ。安全のためだ」

一般来場者用のセキュリティも、この関係者用入り口と同様のはずだ。おかげで表は大混雑になっている。

コンサートホールの裏手では、選対スタッフや報道関係者、警備スタッフがせわしく行き来していた。選対スタッフにはセマーニ人が多い。そのおかげでティラナの存在もあまり目立っていなかった。

　約束の時間まであと一〇分くらいあるので、通路の一角にある休憩所で自販機のコーヒーでも飲むことにする。ティラナは紅茶を買っていた。ミルクたっぷり。砂糖たっぷり。

「ガキかよ」

「うるさい。これがおいしいのだ」

　一口飲んでから、ティラナはふとため息をつき、暗い声で言った。

「ケイ。こうやって来たものの……ノーバムの奴に襲いかからずにいられるか、わたしは自信がない」

　あの一件は、ティラナにとってしんどい試練だった。いろいろ思うことがあるのだろう。

「俺もさ。ネクタイの色をバカにされただけで、締め殺しちまうかもな」

「茶化すな、ばか」

「クヨクヨしてないで仕事に集中しろよ。例の『死人《しびと》』ってのは、この中にいるか？」

「いまのところ、いないようだ。匂い《ブラニィ》は感じられない」

「ふむ」

　あの警察犬みたいに、ティラナが関係者を全員チェックできたらいいのに、とマトバは思った。

「マトバ刑事？」

コーヒーをすすっていると、後ろから声をかけられた。こちらの来訪を知っている選対スタッフかと思ったが、違った。

四〇前くらいの男だ。ラフなシャツに黒縁メガネ。もじゃもじゃのあごひげに禿頭《とくとう》。首からさげたカードには『PRESS』の文字が印刷されている。

「あんたは……ええと、ランドル？」

「そう。ケビン・ランドルだよ。久しぶりだね」

ケビン・ランドル。フリーのジャーナリストだ。昔はAFPだかロイターだかの記者だったらしいが、いまは独立してブログの報道で生計を立てている男だった。

一年半くらい前か。当時の主任だったジャック・ロス警部から『取材の申し込みがある。受けてやれ』と言われた。サンテレサ市の組織犯罪について、フェアで内容の濃い記事を書いている記者がいるだのなんだのと。気が進まなかったが、当時の相棒リックと共にインタビューを受けた。もちろん匿名の条件でだ。

ブンヤなんて、結論ありきのデタラメばかり書くクソ野郎だらけだと思っていた。ところが会ってみれば、ランドルは案外よく勉強している奴だった。要点も心得ているし、話もおもしろい。気をよくしたリックが、いらないことまでペラペラしゃべるのをやめさせるのに苦労した。

その後日、マトバはランドルから送られてきた記事の下書きをチェックした。悪い内容ではなかったし、マトバたちの身分は慎重に隠されていたが、タイトルには閉口した。『凶悪組織に潜入！　秘密捜査官の危険な日常!!』とか、そんな感じだったのだ。ランドルが言うには、『取材費を稼ぐには閲覧数が必要でね。タイトルで煽《あお》るのは許してほしい』とのことだった。

「マトバ刑事。ここでなにを？　警備ってわけじゃなさそうだな」

マトバとティラナが首にさげている『GUEST』のカードを一瞥《いちべつ》して、ランドルが言った。

「まあ、ちょっとな」

「ここはあんたの敵陣みたいなものだろ？　あの高校の件で」

シャーウッド高校の事件のことだ。その事件の前夜、ノーバムを『不当に逮捕』したのが風紀班の刑事だということまでは、報道関係者にも知られている。その後、マトバがノーバムの悪評をリークしたときの相手の一人が、このランドルだった。

「あれとは関係ないよ。それじゃな」

余計な詮索《せんさく》はごめんだ。さっさとその場から退散しようとすると、ランドルは追いかけてきた。

「ああ、それから。直接伝えたかったんだ。フューリー刑事のこと、残念だった。いい人だったのに」

「そうだな。ありがとう」

「そちらの女性は？　警察の人？　まさか新しい相棒？」

「ノーコメントだ」

「ちょうどあんたに連絡をとろうとしてたんだよ。メールを送るから、近いうちに――」

マトバは立ち止まり、渋面でサングラスをはずした。

「ランドル。勘弁してくれよ」

「ああ、はいはい。失礼、失礼」

ランドルは両手を挙げて降参のポーズを取った。サングラスをかけ直して歩き出すマトバの背中に、彼は叫んだ。

「でも、本当に大事な用件なんだ！　メールを読んでくれよ！」

「気が向いたらな」

ランドルと別れてすこし歩くと、ティラナがたずねてきた。

「何者だ？」

「ジャーナリストだよ。まあまあいい記事を書く奴だ」

「そうか」

ティラナはすぐに興味を失ったようだ。エルメスの腕時計をちらりと見て、言った。

「そろそろ時間だぞ」

「ああ。行こう」

二人はステージの裏手の控え室に向かった。扉の前に私服の警備員が二人いる。

バッジを見せ、氏名と役職を告げると、一人が無線でなにかを確認して、こう告げた。

「失礼ですが、もう一度身体検査を」

「武器ならもう預けてきた」

「決まりですので」

「やれやれ……」

携帯式の金属探知機で検査を受ける。ベルトのバックルや財布、腕時計やスマホが反応するたびに、それを警備員に見せてやる必要があった。

「ご協力に感謝します。どうぞ」

二人はノーバムの控え室に入った。

鏡の前に座り、メイクを受けているノーバムがいた。まるで俳優かミュージシャンだ。メイク係に笑い話をしてくつろいでいる。

「――それで番組の収録前、そのラッパーに挨拶《あいさつ》したのさ。『きょうはよろしく。私はあなたの音楽のことはよくわかりませんが、実りある討論にしましょう』とね。そしたらそのラッパーが困った顔で、『すみません、ノーバムさん。私はエンジニアです。DJロタはそちらに』と」

笑いを押し殺しながら、メイク係が言った。

「やめてください、ミスタ・ノーバム。手元が狂うでしょ?」

「一部始終をDJロタに見られてしまった。とんだ大恥だったよ」

「それは最悪でしたね。……あら？」

マトバたちに気づいて、メイク係が手を止めた。

「ノーバム」

「久しぶりだね、マトバ刑事。それにエクセディリカ刑事も」

過去の経緯など微塵《みじん》も感じさせない、穏やかな声でノーバムが言った。

「大した人気者ぶりだな。俺は滅多に投票に行かないが、今度は行くつもりだよ」

「その様子だと、君の一票は期待できなさそうだね」

ノーバムはすこし寂しそうに肩をすくめた。本当にこいつは、そういう芝居がうまい。

「それより紹介させてくれたまえ。妻のベナルネだ」

ダークグレーのスーツ姿のセマーニ人女性が、控え室の奥から現れ、夫のノーバムに寄り添った。

ベナルネ・ノーバム。

地球年齢でいったら四〇過ぎくらいのはずだ。だが見た目は二〇代に見えた。ティラナの髪とよく似たプラチナ・ブロンドの美女だ。旦那《だんな》とよく釣り合う外見の、知的で貞淑なたたずまい。ニュース番組で何度も見ていたが、実物は映像よりもずっと美人だった。

「お会いできて光栄ですわ、マトバ刑事」

ベナルネ夫人は控えめなほほえみを浮かべ、軽く一礼した。握手までは求めてこない。それから彼女はティラナに向かって、行儀のよいファルバーニ式のお辞儀《じぎ》をした。

「バルシュ・ミルヴォイ・エクセディリカ。マゴ・ノーヤ・ゼル・キゼンヤ」

ファルバーニ語で『ミルヴォア騎士のエクセディリカさま。キゼンヤ神の加護があらんことを』とでも告げたのだろう。ティラナも祖国の儀礼を思い出したのか、ややぎこちなく返礼した。

「妻とは向こうで一緒になりましてね。ずっと私を支えてくれている」

「マトバ刑事、準騎士エクセディリカ様。ノルネのことで尽力してくださって、本当に感謝してます。ですが、どうか夫を誤解なさらないでください」

「あいにく誤解はしてないつもりですよ、奥さん。それより本題に入りたい。時間がないんだろ？」

マトバが言うと、ノーバムはにこりとした。

「ああ。……みんな、すまないね。きのうのＦＢＩの人たちと同じ話題だ。すこしだけど、外してもらえるかな？」

「聞いたわね？　さあさ、みんな、行きましょう！」

ベナルネ夫人が手をたたく。控え室にいた選対スタッフたちとメイク係が、ぞろぞろと部屋を出ていった。

最後の一人が出ていき、ドアが閉まる。

「……で？」

三人だけになった控え室で、ノーバムが言った。よく知っている、邪悪な笑顔だった。マトバもティラナも、おかげですこしほっとしたくらいだった。

「なにを聞きたいのかな？　私は正直、カーンズ候補の悲劇については、大した話はできないのだがね」

「カーンズが死んで、少なくとも二〇万票がおまえに流れるはずだと聞いている」

と、マトバが言った。

「その分析はおおむね正しい。しかしもう一人のトゥルテ候補には三〇万票が流れる計算だ。このままだと私は落選する。どう巻き返すか苦慮しているところでね」

「次にトゥルテが死ねば、おまえの当選だな」

「やれやれ。ギャングの抗争じゃないんだぞ？　君たちから見れば私は汚い男だろうが、政敵に殺し屋をさしむけるほどバカじゃない。このとおり、真っ先に君たちに疑われているくらいだからね。それに暗殺やテロというのは、簡単な事業ではない。セキュリティの厳しさは君たちも体験済みだろう。トゥルテのところだって同じだよ」

「死人《しびと》操りの術《ミルディ》ならば、武器など必要ないだろう？」

と、ティラナが言う。

「なるほど、それか。ははは！」

　ノーバムは得心した様子で相好《そうごう》を崩した。

「カーンズを射殺した犯人が死人だったのかね？　私も多少の術《ミルディ》は心得ているが、ご存じのとおりさ。警戒している相手には通用しない。話術の延長くらいのものでね」

「貴様。よくもそんなことが言えたものだな……」

　この男はマトバに催眠術をかけて、ティラナを殺させようとしたのだ。セキュリティに武器を預けておいてよかった。いま銃を持っていたら、このよく動く口に銃口を突っ込んでいたところだろう。

「失礼。過去の不幸ないきさつを忘れていたよ。だが、私にそんな術は使えない。そちらのお嬢さんには、もうわかっていると思うがね」

　ティラナは険《けわ》しい顔のまま、否定も肯定もしなかった。

「だいたい、カーンズが撃たれた同じ時間、私はネットの討論番組に生出演していたんだ。私がカメラの前で、なにかの呪文をブツブツと唱えだしたら、正気を失ったと思われてしまう。落選確実だ」

「おまえが術をかけたとは言ってないぞ」

「では、高位の術師を私が雇ったと？　それはまた……まわりくどいやり方だな。だが、これはいわゆる『悪魔の証明』だ。私にそんな術師の知り合いなどいないが、それを証明する手段もない。ここから先は弁護士の立ち会いが必要になりそうだな。呼んでもいいかね？」

「いや。結構」

「では話はこれまでだ」

　ノーバムは控え室の出口を指さした。

「いい情報交換だった。私も身辺に気をつけるとするよ」


　セキュリティから武器を返却され、二人は駐車場に戻った。すでにホール内では政治集会が始まっていて、入場待ちの長蛇《ちょうだ》の列は消え失《う》せていた。

「おそらくだが、ノーバムはシロだ」

　コルベットの助手席に座ると、ティラナが言った。

「なぜそう思う?」

「わたしが『死人《しびと》操り』のことを話したとき、あの男は笑っただろう」

「ああ。ちょっと大げさなくらいだったな。それが?」

「あれは本当は怒っていたのだ。グラバーニ派の神官は、歴史的な確執からゼラーダのような術師を軽蔑《けいべつ》している。だから奴はあのとき、自分が侮蔑《ぶべつ》されたように感じたはずだ。だが本心を隠す習慣のためだろう。逆の反応をしてみせた」

「なるほど。奴がもし裏でゼラーダとつながっていたら、むしろ怒った演技をしたってことか」

「そうだ。笑ったらわたしに疑われるのに。あそこで笑うことは、ノーバムにとってなんのメリットもない」

すこしややこしいが、彼女の指摘は理にかなっていた。こういうときのティラナの知恵の巡りにはいつも驚かされる。もちろんセマーニ世界の知識があってのことだが、それでもノーバムの態度の不自然さを見抜くのは、決して簡単なことではなかっただろう。

「奴がそこまで計算して、逆の芝居をした可能性もあるよな」

「その可能性は捨てきれないが、さすがに難しいと思う。だから、わたしからは『おそらく、シロだ』としか言えない。ケイはどう思う？」

「そうだなあ。うーん……」

運転席のシートに背中を預けて、マトバはうなった。

「あいつはクズだが、この件について嘘《うそ》はついていない気がする。カーンズを殺しても得にはならないってのは、いまのところ間違ってない。少なくとも、もう一人の候補のトゥルテが死なない限りは」

「トゥルテ候補とゼラーダがつながっているというのは？」

「それもありえる。ゼラーダは……ロス主任とつながっていた。極右候補と組んで対立を煽《あお》るくらい、平気でやりそうだ」

「あるいはもっと複雑な背後関係か……」

「わからないことだらけだな。まあ、それがこの道だ。せいぜい踵《かかと》をすり減らすさ」

マトバはオフィスに報告するため電話を取り出した。ジマーの番号を選ぼうとしたとき、複数の銃声と悲鳴が聞こえた。

銃声。コンサートホールの中――政治集会の会場からだ。

「ケイ。あれは――」

後部座席に放り込んであった長衣をたぐり寄せながら、ティラナが言った。

「あの音は拳銃だ。誰か撃たれた」

銃声は鳴りやまない。悲鳴もだ。

「行こう」

ティラナはそう言ったが、マトバは迷った。いまはホールの外の駐車場だ。これからいちばん近い関係者用のゲートに走り、警察のバッジを見せて中に飛び込み、逃げまどう民衆をかきわけて、混乱の坩堝《るつぼ》の会場に急いだとして――。

「待て、なにもできない」

「だが……」

「状況の把握《はあく》が先だ」

二人が乗ったコルベットのすぐそばに、ＴＶ局の中継車が停まっていた。マトバは車を降りると、その中継車のドアを勝手に開けて、中に踏み込んだ。

「サンテレサ市警《STPD》だ！　協力を！」

「ひっ……？」

　横に五列、縦に四列の小型モニターの映像に釘付けになっていたTV局のエンジニアたちが、ぎょっとしてこちらを見る。マトバがかかげたバッジに気づき、とりあえず自分たちがテロの標的になったわけではないと安堵《あんど》すると、一人が言った。

「け、刑事さん？　突然のことで、あの……」

「俺も外にいて、状況がわからない。誰が撃たれた？」

「の……ノーバム候補です。応援演説のあと、壇上にあがったところで……」

「ノーバムが？」

「こ、これです」

　エンジニアが機材を操作し、問題の瞬間を再生する。ステージの下手《しもて》、観客席側からの映像だ。

　聴衆の中から、スーツ姿に仮面をつけた男がステージに駆け寄ろうとする。警備スタッフ二名が制止しようとして、立ちふさがる。男が銃を抜き、警備スタッフを撃ち倒す。倒れる警備スタッフをすり抜けて、男がステージ上に飛び上がる。

　人間離れした跳躍力だった。

　突然のことで凍り付いている壇上のノーバムに、男が近づく。

発砲。

おそらく三発。

不鮮明だが、頭に二発、胸に一発くらった。

倒れるノーバム。割れるような悲鳴。

ほかの警備スタッフが駆けつけて、男を撃つ。男は軽やかな側転で位置を変え、そばにいた応援演説の政治家たちを盾《たて》にする。ためらった警備スタッフを次々に撃ち倒しながら、観客席へと走り、跳躍する。

カメラが追えたのはそこまでだった。大混乱し、逃げまどう聴衆にまぎれ、男の姿は見えなくなる。

「犯人を追えるか？」

「やってます。ただ顔を隠してたし、うちのＡＩじゃ識別できるかどうか……」

もう一人のエンジニアが、いまの映像の犯人をポイントして、ほかのカメラの映像から類似した体格と服装の人間を検索するよう命令を打ち込んでいた。

すぐに結果が出る。

該当は九二人。多すぎる。

「条件を絞らないと……」

「歩行速度だ」

マトバは言った。

いまは時間がない。経験頼みの当てずっぽうでも、検索条件を絞ってみなければ、ここで役に立つことはできないだろう。

「歩行速度？」

「毎時一〇キロ以上は除外しろ。前の人間を押す奴もだ」

こういうとき、暗殺者は走らない。取り乱して目立つ市民よりも、平静を保ちつつ避難する市民に溶け込もうとする。

「三一人に減りました」

「次は背後を振り返る頻度《ひんど》だ。一〇秒間に三回以上振り返る人間は除外」

あの動きなら、暗殺者はプロだ。群衆に溶け込んでいるなら、頻繁《ひんぱん》に後ろを振り返らない。だがおびえている男は振り返る。

「一七人です」

「その中で口を開けている奴を除外してくれ」

興奮している人間は、口を開ける。演技でない限り、プロの戦士はこういう場面で口を閉じる。

「三人です」

「その三人を表示してくれ」

エンジニアはマウスを操作し、空いていたモニターに最後の三人を表示させた。全員、暗殺者と同じ背格好、黒のスーツ姿だ。

ひとりは二〇代の白人男性。刈り込んだ髪型と歩き方から察するに軍隊経験がありそうだ。不安げな黒人女性——たぶんガールフレンドだろう——そのおびえた彼女になにかをののしられながら、控えめな態度を保ってなだめている。ここで自分が役に立てることはないと、冷静に判断しているようだった。

もうひとりは三〇代のセマーニ人男性だ。油断なく左右に目を配り、すぐそばで赤ん坊を抱いたセマーニ人女性——おそらく妻と子供だろう——その肩に手を置き、なにかあったら即座に妻子を伏せさせようと備えつつ、避難を進めている。

残った最後のひとりも、セマーニ人だった。連れはいない。若いか、老いているかはなんともいえない。間延びした、平凡な顔立ちだ。満員の通勤電車でスマホの記事でも読んでいるかのような、そんな無関心さが漂っている。

「こいつはどこにいる?」

最後のセマーニ人が映ったモニターをつつき、マトバは問いつめた。

「待ってください。ええと……」

エンジニアがキーボードを操作した。

「この人は一階北東のロビーにいるはずです。もう外に逃げたかもしれませんが」

「ありがとう」

マトバは中継車の外に飛び出した。

すでに駐車場は、会場内から逃げてきた大勢の人々が走り回っている。転倒した老人を助け起こす若者。親とはぐれて泣きわめく子供を突き飛ばす女。大混乱だ。

ホールの北東へと走るマトバの後ろから、ティラナが聞いてきた。

「間違いないのか、ケイ!?」

「わからんが、追ってみる！」

「よかろう」

ティラナが彼を追い越した。マトバも同世代の男の中では相当な俊足《しゅんそく》のはずなのだが、あの小柄な体でとんでもない足の速さだ。しかも彼女は走りながら長衣に袖を通し、なにかの呪文を唱えた。

長衣が強く光り、生き物のように形を変える。次の瞬間、ティラナは白銀の鎧《よろい》に身を包んでいた。

会場から駐車場に逃げてきた集会参加者の一人――セマーニ人の中年女――が、彼女の変身を目撃して目を丸くしていた。

「ミルヴォアの騎士《レー・サラシュ・ミルヴォイ》さま……!?」

ティラナは女の言葉を聞いてもいなかったようで、駐車中のセダンの屋根を踏み台にして、逃げまどう群衆の頭上を飛び越えた。映像で見たあの暗殺者と互角なレベルの跳躍距離だ。たぶんなにかの魔法なのだろう。

一方のマトバは普通の地球人なので、バッジをかかげて群衆をかきわけ、『警察だ！　道をあけろ！』と怒鳴るしかなかった。

「くそっ」

ティラナからかなり遅れて、北東ロビーからの出口付近まで駆けつける。そこはホール前の広場で、やはり避難者だらけの混乱に包まれていた。駆けつけたパトカー。助けを求める人々。ティラナはその群衆の中で、人差し指を額《ひたい》にあて、目を閉じ、ぶつぶつと何かをつぶやいていた。またなにかの魔法で、あの映像の男を捜しているのだろうか？

「おい……」

「ケイ！」

ティラナが大きな目を見開き、彼の背後を指さした。

振り返る。

彼の右後方、八メートルくらいの距離を、黒いスーツの男が歩いていた。見覚えのある後ろ姿。やや大股で、会場から遠ざかるように歩いていく。

マトバは脇の下から拳銃を抜き、叫んだ。

「そこの黒服の男、止まれ！　警察だ！」

男が立ち止まり、こちらを見る。周囲の人々が伏せたり逃げたりしているのに、不自然なくらいの冷静さだった。

無表情。異様なまでの無表情。

間違いない。先ほど映像で見つけたあのセマーニ人だ。

「言葉はわかるな？　ゆっくりと両手を挙げて——」

「ケイ、撃て！」

男が動いた。速い。電光石火だ。

マトバから見て右方向に跳びながら、右腕をこちらに向けた。銃を持っている。いつ抜いたのかもわからなかった。

マトバはとっさに身を投げ出す。敵が発砲。ほとんど同時だった。弾丸が大気をつんざくあの短い音。三〇〇〇ドルのスーツの裾に穴が開いた。

「ちくしょう……！」

アスファルトの上を転がりながら、撃ち返す。だが射撃には無理な姿勢だ。当たるはずもなかった。

「ギゼンヤよ！」

ティラナがそれこそ弾丸のような勢いで突進してきて、横合いから男に切りかかろうとした。

だが男はすぐそばに伏せていた市民の襟首《えりくび》を軽々とつかみ上げ、ティラナの斬撃《ざんげき》の盾《たて》にした。

「っ……！」

切っ先が止まる。そのティラナめがけて、男は盾《たて》にした市民を力任せにたたきつけた。

「うっ！」

ティラナが倒れる。マトバが撃つ。男の肩と胸に命中。だが暗殺者は倒れない。火花が散っただけだ。スーツの下に、鎧《よろい》でも着ているのだろうか？

マトバはさらに撃とうとして、思いとどまった。男の背後、射線上に市民が何人もいたのだ。すぐそばにしゃがみ込んでいた市民の一人を、男が蹴《け》りあげる。サッカーボールのようにセマー二人の少女が宙に浮き、マトバめがけて飛んできた。

「きゃあああああ！」

地球の食習慣のせいだろう。かなり太めの彼女が、回転しながらぶつかってくる。重さはティラナの二倍くらいか。泣きたいのはこっちだったが、受け止めるしかなかった。

衝撃。絡み合うようにして地面にたたきつけられ、気が遠くなる。

「う……」

朦朧《もうろう》としている少女をどけて、身を起こすと、暗殺者はすでにその場を離れ、コンサートホール前の広場から外へと出ようとしていた。

「ケイ、追うぞ！」

ティラナが走る。マトバも続く。

　広場をつっきり、植え込みを横切り、正面のブルーバー通りへ。片側三車線の広い道路だ。ここまで逃げてきた集会参加者がブルーバー通りまであふれているせいで、車の流れが止まっていた。

　暗殺者はまっすぐ道路を横切り、商店と低層アパートの間の路地へと入っていく。北東の方角だ。

（まさか『旧市街』に？）

　ティラナも路地に飛び込んだ。同じ魔法なのか、暗殺者もティラナも常人離れした俊足《しゅんそく》だ。マトバの足では追いつけそうにない。

「くそっ……」

　戻って自分の車で追うか？　いや、そこまで悠長にしてはいられないだろう。それに旧市街に逃げ込まれたら、車で追いかけるのは不可能だ。

　周囲を見回す。

　バイクは見あたらない。だが渋滞中の大通りの一車線に、超小型の三輪自動車が停まっていた。

　メッサーシュミットKR200。

　なんと六〇年以上前のクルマだ。前が二輪で後ろが一輪。上品なホワイトウォールタイヤ。カウルは新品同様で、ピカピカのライトレッド。サイズはバイクと変わらないくらいだった。

(すごい。たぶんレプリカじゃない、本物だ！)

断じて――断じて公私混同だったわけではないが、マトバは駆け寄り、叫んだ。

「車を貸してくれ！」

いちおうバッジは見せたが、銃はむき出しだし、ほとんど車強盗みたいな勢いだった。運転手の中年男はぎょっとして、小刻みにうなずき、わけがわからない様子で車から降りてきた。

「か、金はあまり持ってない」

「ちがう、警察だ。借りるぞ！」

「え？」

昔の戦闘機みたいなコックピットに飛び乗り、横開け式のキャノピーを閉じる。

「お、おい、壊さないでくれよ!?」

オーナーの男が叫んでいた。

「協力に感謝する！」

チェンジレバーを入れて、アクセルペダルを踏みつつ、クラッチをつなぐ。軽快だがやかましい2ストのエンジン音。

加速も良かった。元気なスクーターみたいな感じだ。もちろんパワステなどないので、運転感覚はゴーカートに近い。クセも強いが、これがなかなかおもしろい。

路地に入って加速する。三速でも軽く五〇キロは出た。

もたもたしていたせいで、暗殺者とティラナの姿を見失ってしまった。右にいったのか、左にいったのかもわからない。

スマホを取り出し音声で命令。

「ティラナ・エクセディリカの現在地！」

地図アプリが起動し、ティラナのスマホの位置情報が表示された。本人はプライバシーがどうのとか言って嫌がっていたが、登録しておいてよかった。

思ったとおり、ティラナたちは北東へと移動していた。道路づたいではない。住宅地のフェンスを跳び越えたり、庭をつっきったり、屋根から屋根へと跳び移ったりしているのだろう。魔法の国の超人バトルの真っ最中というわけだ。

路地を抜けて裏通りで曲がり、さらに別の路地に入って、走り抜ける。角から出てきた宅配のバンにぶつかりそうになった。

「！」

なんとか避ける。小柄な車で助かった。

少し広い道に出た。ティラナの進行方向と併走している形だ。

直進コースでやっと余裕ができたので、市警本部に連絡する。

「現在、ニューコンプトン地区の北東で、ノーバム候補を襲撃したと思われる人物を追跡中！身長五フィート九インチ前後のセマーニ人男性！　黒のスーツ！　銃器を所持している！」

『了解。近くのパトカーを応援によこします』

「いや、たぶん旧市街に逃げる気だ。パトカーよりもヘリをよこしてくれ！」

電話を終えて地図アプリに戻す。ティラナたちの進路はほとんど変わっていなかった。

信号を無視して上り坂を全力で走りきると、正面に城壁が見えた。

古い石造りの城壁だ。

安っぽい低層アパートだらけの市街地の向こうに、いきなり中世のイスラム圏を彷彿《ほうふつ》とさせる城壁が現れた。

この城壁の中が『旧市街』と呼ばれている。一五年前の『大出現』で、このカリアエナ島が太平洋上に現れたとき、旧市街はセマーニ世界の地方都市だった。ゼリアマルナという名前の静かな港町で、漁業と交易で栄えていたという。

そこに地球人たちがやってきた。

交渉、争い、内紛。

交渉、争い、内紛。

複雑でうんざりするあれこれがあって、いまでは独立自治区になっている。正式な名称は『ゼリアマルナ特別保護区』だが、サンテレサ市の住人からは、単に『旧市街《オールド・タウン》』と呼ばれている。この旧市街の周辺に、地球人たちが好き放題に街を建設し、いまのサンテレサ市が生まれたのだ。

城壁の前には大きな水堀があった。

その堀を越えて、城門へと至る橋もある。夜間はここにパトカーが常駐するのだが、いまは誰もいなかった。

橋の手前にはサンテレサ市警の警告表示があった。

《通行制限／これよりゼリアマルナ特別保護区／幅員五フィート以上の車両の通行禁止》

これを知っていたから、マトバはこのメッセーシュミットを『徴用』したのだった（断じて――断じて趣味や好奇心ではない）。なぜ『二輪車に限る』と書かないのかというと、まだセマーニ世界の馬車や牛車が使われていたころの法律のせいだ。自動車のない世界のインフラが、旧市街にはそのまま残されているため、普通サイズのクルマでは旧市街を走ることなど不可能だ。

まっすぐ直進。メッサーシュミットで城門への橋を渡りながら、ちらりと右を見る。およそ一二〇ヤードくらい離れたとなりの橋を、黒ずくめの男が走っていた。後ろには白銀の鎧《よろい》の小柄な女。ティラナだ。

「いた……！」

マトバは車を加速させた。

城門の脇に、若いセマーニ人たちがたむろしている。彼らは両手を広げ、道に出てきてマトバを止めようとした。

「地球人《ドリーニ》！　誰の許しを得て――」

「どけ！」

クラクションを鳴らして突進する。男たちは驚き、ギリギリのところで車を避けた。悪態《あくたい》をつき、中指を立てる男たちの姿がバックミラーの中で小さくなっていく。

あれは地元の『自警団』だ。御大層に『ゼリアマルナ騎士団』だのと名乗っているが、見た目も実態もギャングと変わらない連中だった。だが、いまは奴らと遊んでいる時間などない。

わだちが刻まれ、荒れた道路を走ると、車体が激しく上下した。サスが沈み、後輪とカウルが何度もこすれる。

旧市街はセマーニ世界の時代のまま、ほとんど改築がされていない。かつては美しい町だったのかもしれないが、いまではうす汚れ、すさんでいる。

よく『中世のヨーロッパ風』だと誤解されているが、この町の建築様式はヨーロッパのどの地方のものとも異なる。強《し》いて挙げれば大昔のトルコ――イスラムと東ローマ帝国の文化が入り混じった地方の様式に似ている。幾何学模様が多用され、住居の扉には大きな目を象《かたど》った彫刻がある。ファルバーニ王国にはよくある紋様だ。

建材に石や煉瓦《れんが》はほとんど使われていない。代わりに使われているのは白い珊瑚《さんご》だ。この周辺の地下からは、大量の珊瑚が採掘される。建材に適した石などは、かなり遠方でないと採掘できないので、この土地では珊瑚とモルタルに似た素材を混ぜ合わせて使っていたという。もっとも、マトバが従軍中に見かけたセマーニ世界の町や、カリアエナ島内の別の町では石も使われているので、このゼリアマルナ特有の事情なのだろう。

路上の人は少なかった。

メッサーシュミットのエンジン音を聞いて屋内に引っ込む者、路傍にうずくまったまま不愉快そうにこちらを見る者。高齢者は南ファルバーニ風の民族衣装がほとんどだが、若者の大半は安物のTシャツとジーンズだった。

（こっちか……？）

Y字路を右へ曲がり、不規則な坂を上り下りする。この方向で先回りできるはずだったが、確信は持てなかった。

もう地図アプリは使えない。この旧市街には無線LANや携帯電話の中継局が一切ないのだ。それどころか電気も水道も通ってない。特別保護区の『文化保護』の名目で、地球技術のインフラ整備が厳しく制限されているためだった。

ゴミだらけの小さな広場に出る。露店が並んでいた。市場のようだ。減速し、クラクションを鳴らし、人ごみをかきわけ、北東に続く小径に入る。

角で野良猫をひきそうになった。ふとクロイのことを思い出し、切れかけのトイレシートを買い足さなければ……と思った。

ゆっくりカーブを描く小径。二階建ての住居が連なっているが、半数以上は空き屋だった。

（いた……！）

五〇メートルほど先の屋根に、ティラナの姿が見えた。

彼女は黒ずくめの男に追いすがり、鋭い一太刀《たち》を浴びせた。短剣で受け止め、至近距離から銃を撃つ男。よろめくティラナ。男はティラナを蹴《け》り飛ばし、屋根から飛び降りる。着地し、路上で一回転。

最高のタイミングだ。アクセルを踏み込む。

加速。

走りだそうとしていた男の横合いに、メッサーシュミットが激突した。

「…………っ！」

男が吹き飛ばされる。

衝突でハンドルが激しく暴れ、左のタイヤが大きく浮いた。車体が横転しそうになったところを、自分の体重を思い切り左にかけて、どうにか持ちこたえる。

停止。すぐにキャノピーを跳ね上げ、倒れた男に銃を向ける。

「動くな！」

男の銃と短剣は、数メートル向こうに転がっていた。だが油断はできない。マトバは照準を外さず、注意深い動きでメッサーシュミットから降りると、ゆっくりと男に近づいていった。

男が動いた。

「！」

発砲。

今度は周りに市民がいない。容赦《ようしゃ》なく全弾たたきこむ。

迫る暗殺者。

なるべく腰まわりに集中させて撃ちこむ。黒服の下に鎧《よろい》を着込んでいるのはわかっていたからだ。

地球の防弾衣でも同じだが、骨盤まわりは着用者の動きを妨げるため、どうしても装甲を施《ほどこ》せない。人体の構造的にそうなってしまう。下腹部の負傷は止血が困難なので、被弾した人間を失血死させる可能性が高い。だから最近の軍隊では、むしろ敵の腰まわりへの射撃が推奨されているくらいだ。

もちろん、警察は推奨していない。模範的な警官なら胸を撃っただろう。そして殺されていた。だがマトバは模範的な警官ではなかった。

たて続けの連射。そのうち二発が敵の腰部に当たった。暗殺者がよろめき、それでも勢いに任せてマトバに飛びかかった。

「くっ……！」

ぎりぎりで身を投げ出す。男の繰り出した拳《こぶし》が、背後のメッサーシュミットのキャノピーを粉々にした。

なんてこった。文化財への冒瀆《ぼうとく》だ。

路上を転がり、弾倉を交換。身を起こし、銃口を向けようとしたときには、すでに男が眼前に迫っていた。

暗殺者が腕を振るう。裏拳《うらけん》の残像。マトバはボクサーよろしく上半身を反らし、腰だめに三発撃つ。

手ごたえあり。だがそこまでだった。

間髪《かんはつ》いれずに回転蹴《げ》りが襲いかかる。わき腹に重い衝撃。

「がはっ……！」

意思とは無関係に声が漏《も》れた。天地が逆さまになる。自分が空中で回転していることだけは認識できた。やけにゆっくり、遠ざかっていく自分の拳銃。

右肩から地面にたたき落とされ、体のあちこちを打ち付ける。ひどい痛みだ。まともに呼吸もできない。それでも手足は動いてくれた。くるぶしの拳銃――バックアップ用のリボルバーに手を伸ばし、テープを外して引き抜く。

照準。

そこで見えたのは、背後からティラナの斬撃《ざんげき》を受ける男の姿だった。暗殺者は右肘《ひじ》のあたりをほとんど切断され、振り返ろうとして、首筋に致命的な一太刀《たち》を浴びる。

空中に舞う血しぶき。

暗殺者はよろめき、その場に踏みとどまろうとしたが、マトバの銃撃のせいだろう――脚に力が入らない様子で、そのまま不格好にくずおれた。

倒れた男の傍《かたわ》らに立ち、ティラナが長剣を振りかぶる。

「ベーヤダ神の災いあれ！」

「やめろ！」

マトバが叫ぶと、ティラナは切っ先をぴたりと止めた。

「ケイ。なぜ止める？」

ティラナは冷ややかな声で言った。鮮血を浴びた白銀の鎧《よろい》。ペアを組んでしばらくたつ。人間味のあれこれにも接してきたが、こういうときの彼女はやっぱりセマーニ人だ。人の首を切り飛ばすことにさえ、微塵《みじん》の躊躇《ちゅうちょ》も感じていない。

「それ以上は殺人だ。やめろ」

「くだらぬ。いずれにせよ、この男は死ぬだろう。敵の苦しみを長引かせるのが、『基本的人権《ヒューマン・ライツ》』神の思し召《おぼめ》しか？」

毎度のことだが、このときはマトバもカチンときた。

「おい。前からバカにしてるから教えてやる。その神の教義の神髄はな。要するに『ベストを尽くせ』ってことだ。たとえ悪い結果になってもな。俺は不信心者だが、その考えは嫌いじゃない」

「興味深いな。覚えておこう。だが……」

仰向《あおむ》けに横たわる暗殺者を見下ろし、ティラナが剣を納めた。

路上に広がっていく大量の血液。この男が動くことはもうないだろう。口をぱくぱくと動かしながら、ぜえぜえと空気を求めている。

「この男が、黒幕を吐くと思うか？」

「まあ、無理そうだが……」

首が半分、切られているのだ。止血も無理だし、もう長くない。意識もほとんど失いかけている。

「おい。言い残すことはあるか？　聞いといてやるぞ」

自爆でもされてはたまらない。男の腹や胸を探りながら、マトバは言った。

「レーゼよ……」

男がつぶやいた。

「なに？」

「感謝します……」

呼吸が止まる。

男は事切れた。

　爆薬はなしだ。衣服の下には複合式の鎧《よろい》。おそらくセマーニ産の鎖かたびらと超アラミド繊《せん》維《い》を重ね合わせたものだろう。その鎧の出自も気になったが、それよりもマトバを驚かせることがあった。

　やっと気づいたが、男の顔は、あの政治集会の会場で目撃したものではなかった。

　セマーニ人ではなく、地球人だ。

　二〇代後半くらいの白人男。すこし日焼けしている。よく鍛えられた筋肉。あごまわりに残る髭《ひげ》の剃《そ》り跡。

　さっきとは別人だ。いったい、いつの間に入れ替わったのか？

「どういうことだ？」

「わたしも追跡の途中で気づいた。だが、他人と入れ替わったとは思えない」

　歯切れの悪い声でティラナが言った。

「おそらくこやつは、変身の術《ミルディ・ナ・ザーフ》を使っていたのだろう。だがわたしの執拗《しつよう》な追跡で、ラーテナを失い、術をやめた」

　ラーテナ。セマーニ人の魔法使いにおける、魔力とかＭＰとか、そんな感じの概念だ。何度も聞いているので、マトバでもその理屈はわかった。

「変身している余裕がなくなったと？」

「そんなところだ。おそらく、われわれに正体を看破され、追跡を受けることは予想外だったのだろう」

それはわかる。しかし——

「こいつは地球人だ」

「そうだな。だが、術《ミルディ》を使った」

「例のヤク中なんだろ？　ゼラーダに操られた——」

「いや。死人《しびと》ではない」

ティラナはきっぱりと否定した。

「この男は戦士だ。自分の意志で術《ミルディ》を使い、このわたしと戦っていた。ゼラーダの『死人操り』で、傀儡《くぐつ》となった者になしえる技ではない」

「だがな……」

釈然としない。

いま、目の前で死んでいる男は地球人だ。セマーニ産の鎧《よろい》やら、向こうの魔法やらを使っているが、間違いない。ウォルマートで売っているポロシャツでも着せてみれば、休日に公園をぶらついてる普通の男にしか見えないだろう。

男の体を探っても、ＩＤも財布も持っていなかった。元から持っていなかったのか、逃走中にどこかに捨てたか。それはわからない。

「地球人が？　魔法を？」

「不可解だ。だが、間違いない」

ティラナの声は暗かった。

「ケイ。あのエルバジはドリーニの科学をよく学んでいたようだ。だったら、その逆もありえると思う」

「ああ……」

ティラナがこの街に来ることになった事件を、マトバは思い出した。新興のセマーニ系ギャングのボスだったデニス・エルバジ。奴は生粋《きっすい》のセマーニ人だったが、地球文明に憎たらしいほど適応し、最新の物理学すら理解していた。

「それからもうひとつ。あの男の最期《さいご》の言葉だが――」

「しっ」

マトバが耳をすました。

こちらに大勢の足音が近づいている。一ブロック向こうからだ。

「話は後だ。すぐずらかろう」

「なぜだ？　ここで応援を待たないのか」

「その前にリンチにされる」

マトバは死んだ暗殺者をスマホで何枚か撮影してから、彼が使っていた銃と短剣を拾い上げ、自分の銃も回収し、メッサーシュミットへ走った。

「乗れ」

「待て、死体は――」

「運べない。置いていく。急げ……！」

小さな車体だが、二人乗りだ。ティラナは釈然としない様子のまま、狭苦しい後部座席に飛び乗った。

キャノピーは壊れ、フェンダーも大きくへこんでいたが、メッサーシュミットのエンジンは大した苦労もなく始動してくれた。

走り出す。角を曲がる直前、先ほどの小径に武装した集団が駆けつけているのが見えた。安物の銃や棍棒《こんぼう》、斧《おの》を手にしたチンピラのグループ。

「ケイ、どういうことだ!?　奴らは？」

割れたキャノピーから吹き込む風に負けない声で、ティラナが叫んだ。

「『ゼリアマルナ騎士団』だ！　前にも話しただろう？」

「ああ、あの自警団もどきか……」

以前から、この旧市街の事情はティラナにも説明している。

『大出現』のあと、このゼリアマルナ市では内紛が起きた。元からいた正統な領主は小心な人物で、地球側の提案や交渉にほとんど抵抗しようとしなかった。

伝統を重んじる強硬派は怒った。

ささやかなクーデターが勃発《ぼっぱつ》し、領主は幽閉され、あまり聡明ではない貴族のせがれが担ぎ上げられた。

その後はグダグダだ。

新領主に不満を持つ勢力がほかの貴族を擁立《ようりつ》し、その貴族が暗殺され、扇動された旧《ふる》くからの住民が暴動を起こし、新領主が退位し、新たに立った領主が病死し——あれこれもめ事を繰り返した末に、いつのまにか海賊出身の男が領主になっていた。

『ゼリアマルナ騎士団』などと名乗っているが、実質はその男の私兵集団だ。戦争中のゴタゴタで、カリアエナ自治州政府とサンテレサ市政府は、彼らの権利をある程度認めざるをえなかった。

現在、サンテレサ市警の警官がゼリアマルナ保護区——旧市街に入ること自体は違法ではない。だが慣例から、旧市街で起きた事件を取り仕切るのは、あのチンピラ同然の自警団ということになっている。

いちおう、サンテレサ市警による形式的なパトロールは行われている。毎週、決まった曜日の決まった時間に、決められた人員が決められたルートを歩くだけの、茶番劇のようなパトロールだが。

旧市街は犯罪の温床だ。地球人のギャングは一歩も立ち入れないが、セマーニ人系のギャングはここを活用している。あの自警団が違法取引を黙認し、上前を跳ねて好き勝手をやらせているからだった。

もしマトバたちがあの現場に居残り、バッジをかかげて『サンテレサ市警だ！　重要事件の容疑者を確保した。協力を！』と告げたとしても、連中は二人を袋叩きにして拘束《こうそく》し、市警本部に身代金を要求することだろう。いや、身代金などというわかりやすい要求ではないが、セマーニ人犯罪者の不起訴・釈放や、市警が進めている捜査の中止などを、遠回しに求めてくる。

これはよくない。暗殺者の死体を置き去りにするよりも、もっと厄介なくらいだった。

「ケーニーシェバ。クズどもめ……！」

吐き捨てるようにティラナが言った。

「ムカつくけどな。連中からすれば、俺たちに縄張りを荒らされたんだ。そりゃあ、怒るだろうよ」

ぼやきながら、ごみごみとした旧市街の中、車を走らせる。何度か自警団と鉢《はち》合わせしたが、迂回《うかい》するか強行突破するかで、どうにか切り抜けた。

城門まで来た。

『門』とはいうものの、扉はない。古タイヤと有刺鉄線を組み合わせたバリケードがあるだけだ。

「サンテレサ市警だ！　道を空けろ！」

キャノピーを開け、マトバは一発、空に向けて威嚇《いかく》射撃をした。城門に控えていた自警団の男たちは、せいぜい三人くらいだ。まだ若い。彼らはマトバの射撃に一瞬ひるみ、自分たちの銃を使うかどうか迷っていた。

「撃ち合いたいなら、相手になるぞ!?　それともいますぐ道を空けるか？　さっさと決めろ！」

本気で撃ち合ったら、たぶん相打ちだろう。マトバは二人くらいを道連れにくたばり、残りの一人はティラナが倒し、彼女が徒歩で旧市街から逃げおおせる。そんな未来が目に浮かんだ。

だが相手のセマーニ人たちは顔を見合わせ、マトバたちの気迫に気圧《けお》され――けっきょくバリケードをどける作業にとりかかった。

「いい子だ」

加速。城門をくぐり、旧市街の外に出る。

橋を渡り、交差点を越えたところで車を停める。異世界の町並みは消え失《う》せ、たちまち平凡な現代地球の風景が戻ってきた。

自警団が追ってくる気配はない。

「一安心か」

ティラナが言った。

「とりあえずはな。これから上役の大目玉が待ってるかもしれないが」

上空から爆音が聞こえた。見上げると、市警のヘリが飛んでいた。

「いまさら来やがった。遅いんだよ」

マトバは舌打ちして車を路肩に停め、市警本部の司令センターへの連絡を始めた。

メッサーシュミットから降りて、自身の現在地と状況を報告すると、その場に待機するよう指示が来た。『了解』と告げて電話を切ると、ティラナが彼の肩をつついた。

「ケイ。あの暗殺者の武器を貸せ」

「？ああ……。引き金には触るなよ」

あの現場であわてて回収してきた拳銃と短剣を、マトバは彼女に渡した。ティラナは小鼻を鳴らし、神妙な表情で拳銃を眺める。

その拳銃はコルト・ガバメントのコピー品のようだった。カーンズ候補を射殺した犯人と同じタイプのモデルだ。

「なにかおかしいところがあるのか？」

「かもしれぬ。これの弾を抜いてくれ」

「いちおう証拠品《しょうこ》なんだがな……。見なかったことにしろよ？」

マトバはいつも持ち歩いている使い捨てのビニール手袋を着けてから、ガバメントを受け取った。マガジンを抜き取り、二発だけ残った四五口径のカートリッジをはじき出す。スライドを引いて薬室内の一発も取り出し、空っぽの銃をティラナに手渡す。

ティラナが人差し指を立て、ぶつぶつとなにかの呪文を唱える。

すると彼女の持った拳銃が、強い光を発した。光の中でガバメントの形が崩れ、うごめき、よじれていく。フレームが縮まってまっすぐになり、スライド部分は太く、短く変化したように見えた。

光が消えると、一台のコンパクトカメラがティラナの手のひらに乗っていた。

「こりゃいったい……」

マトバは絶句した。

拳銃がコンパクトカメラになってしまったのだ。ただしレンズやフラッシュの部分はがらんどうで、背面の液晶部分もからっぽだった。よく見れば電子部品もない。

つまりそれは、コンパクトカメラそっくりの金属のかたまりだった。

「バイファート鋼だ」

目をこすっている彼に、ティラナが言った。

「わたしの長剣《クレーゲ》や鎧《バナーデ》も同じ金属で作られている」

ティラナがもう一度呪文を唱えた。彼女の鎧《よろい》が強く光り、いつもの長衣に戻った。

「あー……魔法の金属ってわけか?」

「そんな安っぽいものではないぞ。だが、地球人《ドリーニ》にわかりやすく説明するならば、そんなところだ」

「ううーむ……」

「弾も貸せ」

ティラナは弾薬にも同じ術を施《ほどこ》してみせた。四五口径のカートリッジが粘土みたいに伸びて、単四電池に変化した。

「弾薬まで？　火薬《パウダー》はどうなってるんだ？」

「おそらく、この電池の中に詰まったままのはずだ。まったく。神聖なバイファート鋼を、こんなくだらぬものに使うとは……」

ティラナが嘆息《たんそく》する。

「あれだけセキュリティが厳重な会場に、銃を持ち込めた理由にはなるだろうが……。簡単には信じられん。夢でも見てるみたいだ」

レンズがなくて穴になっている部分をのぞきこむと、ライフリングの痕跡が見えた。おそらく、ここが銃身に変化するのだろう。

レンズや液晶などの透明部品は、セキュリティを通過したあとに外して捨てたのだろうか？

「きわめて精巧な技《わざ》だ。あまり認めたくないが、わたしの国で最高のバイファート鍛冶師《かじし》でもこんなものは作れまい」

セマーニ世界と地球とのハイブリッド技術。マトバはかつてのデニス・エルバジとの事件を思い出した。

「いったい、こんなものを誰が作ったっていうんだ？」

「わたしにわかるわけがないだろう」

　パトカーのサイレンが近づいてきた。

「そいつを銃に戻せるか？」

「できるが、なぜだ？」

「証拠《しょうこ》品として提出する必要がある。だがそんな魔法の話をしても、ややこしくなるだけだ。とりあえず、いまの話は黙っておけ」

「……わかった」

　ティラナが呪文を唱えると、コンパクトカメラもどきの金属塊は拳銃の姿に戻った。乾電池も銃弾に戻して、元通りに装塡《そうてん》しておく。

　ほどなく数台のパトカーと警察指揮車、黒塗りのワゴンが駆けつける。

「おでましだ」

　それぞれの車両から、市警の対テロ班と警備課、ＦＢＩと監査班の幹部たちがぞろぞろと現れて、マトバたちに言った。

「事情を説明してもらうぞ。こっちに来い」

「はいよ」

　マトバは指揮車に向かう。

「エクセディリカ刑事はこっちだ」

ティラナは隣の黒塗りのワゴン車に入るよう命じられる。口裏を合わせていないか疑っているのだろう。それぞれ別に事情聴取をするつもりのようだ。

「見たことだけを話せよ」

「わかっている」

これでは、まるでマトバたちが暗殺犯だといわんばかりの扱いだ。ティラナは相当怒っているようだったが、おとなしく命令に従った。

まず暗殺犯から回収した例の銃と短剣を監査班の警部補に渡す。警部補はすぐにそれを証《しよう》拠《こ》品としてポリエチレンの袋に密封した。

狭苦しい指揮車に入るなり、事情聴取が始まる。マトバが暗殺者の死体を置き去りにして旧市街から逃げたところまで説明すると、対テロ班の主任警部が声を震《ふる》わせた。

「なぜ置き去りに？　重大なミスだと思わなかったのか？」

「説明したでしょう。こっちの身が危なかった」

「そいつが旧市街に入った時点で、追跡を中止すべきだった」

「容疑者を見逃すべきだったと？」

「ヘリに追跡を任せればよかったのだ」

「ヘリが上空に到着したのは、容疑者が旧市街に入ってから一〇分以上後でしたよ。あのごみごみした旧市街に紛《まぎ》れ込んだ容疑者を、ヘリだけでどうやって捜すんです？」

だいたい、あんな自警団が幅を利かせているのが異常なのだ。この街の二重行政が野放しにされているのは、少なくともマトバの責任ではない。バカバカしくて怒る気にもなれなかった。

その後もうんざりする尋問は続いた。『なぜコンサートホール前で容疑者を逃がしたのか』だの、『射殺（斬殺《ざんさつ》）の前に容疑者に警告はしたのか』だの、『なぜ現場の保全に協力するよう、自警団に要請しなかったのか』だのなんだの。

上司のジマーが現場に駆けつけ、幹部級同士であぁでもない、こうでもないと議論が交わされ、ようやくマトバは解放された。

「報告書を提出しろ。きょうの一六時までに」

「了解」

彼が指揮車を出ると、ティラナが待っていた。彼女への尋問はもうすこし早く終わったようだ。彼女のそばの大型のゴミ箱がへこみまくっている。指揮車の中にいたとき、なにかの金属を蹴《け》る激しい音が外から聞こえてきていたのだが、マトバはその理由を理解した。

「ムカついてる様子だな」

「ケイ。おまえは違うのか？」

「反省しきりさ。ノーバムが撃たれたとき、中継車なんかに入らなきゃよかった。知らんぷりして、昼飯を食いにいくべきだったんだよ」

ティラナは顔をしかめた。

「情けない。それでも正義の執行者か?」

「正義なんぞより昼飯のほうが大事だよ。それを忘れたのは大失敗だった」

「まったく……」

　遅れてジマーが指揮車から出てきた。むっつりとした不機嫌顔。だがマトバたちを怒鳴りつけるつもりはないようだった。

「ご苦労だった」

「そりゃどうも」

「いま市警の担当者が、旧市街の自警団と交渉を始めている。おまえらが殺した容疑者の遺体の引き渡しについて」

「返ってきますかね?」

「わからん。現場の保全なんぞ望むべくもないしな。いまのところは、おまえが回収した武器と顔写真だけが手がかりだ」

「ほらね。いい仕事だったでしょう?」

「別に誉《ほ》めとりゃせん。おまえらがもっとうまく、容疑者を旧市街の外まで追いつめれば、こんな苦労はなかったんだ」

「へいへい」

　マトバは肩をすくめるだけだったが、ティラナはむっとして抗弁した。

「警部！　そんなことは不可能だった。あの敵は術《ミルディ》も使える危険な戦士だったのだ。逃がさなかっただけでも僥倖《ぎょうこう》なのだぞ!?」

「へいへい」

ジマーはマトバの口調をまねて、いきりたつティラナに背を向けた。スマホを取り出してなにかのメールを読み、小さなため息をつく。

「どうしたんです？」

「ノーバムが死んだぞ。搬送先のパターソン記念病院で、つい先ほどだ」

「なんてこった……」

ノーバムが撃たれる映像は見ていたので、ほぼ致命傷だろうとは思っていた。それでもすぐには実感がわかなかった。あの悪党が、こんなにあっさりくたばるなんて。

「キゼンヤよ……」

ティラナも驚きを隠しきれない様子だ。

ついさっき、控え室で話したばかりだ。市長選挙では不利になっているようだったが、あの様子は最終的には勝つつもりに見えた。決して許してはならない男だ。だが不敵で、狡猾《こうかつ》で、手強《てごわ》い男だったのも事実だ。

「本当に死んだ？　間違いないんですね？」

「本部長がいま会見の準備をしとる。気になるなら、あとで元カノに会ってこい。また偉いさんに取り囲まれて、ノーバムのケツのサイズやらなんやらを説明してるだろうから」

「それは遠慮しときます」

土曜日の気まずい一幕を思い出して、マトバは首を横に振った。

「行こう、ケイ。この場にいても、もう意味はない」

「そうだな。それじゃ……」

「マトバ」

その場を離れようとした彼を、ジマーが呼び止めた。

「なんです？」

「なにか隠しごとはないな？」

ジマーのどんぐり型の大きな目が、疑惑もあらわに彼を見つめている。まったく、勘のいいおっさんだ。マトバは笑って受け流そうとしたが、すこし考え、ティラナと顔を合わせた。彼女はなにも言わなかったが、内心で『主任には話しておくべきだ』と思っているのは明らかだった。

「あー……実は、あるんです」

「おい……！」

「でも、ここではまずい。オフィスで話しますよ」

周囲の警官たちを見回しながら言うと、ジマーは苦々しげにため息をついた。

「わかった。だがすぐにだぞ。さっさと本部に戻ってろ……！」

「了解、了解」

主任と別れて路上に戻ると、あのメッサーシュミットが鑑識チームに取り囲まれているのが見えた。写真をとられ、指紋を採取され、割れたキャノピーのサイズを計測され……。

「なあ、いつまでかかる？　これに乗って帰りたいんだが……」

マトバが鑑識チームの一人にたずねると、相手は彼の知性を疑うような顔をして、眉《まゆ》をひそめた。

「乗って帰る？　バカいわないでください。こいつは証拠品《しょうこ》です。当分は市警で預かることになるでしょうね」

「だよな……。うん。そうだろうと思ってた」

こんな重大事件で、大立ち回りを演じた車両だ。鑑識がほんの三十分ほど調べただけで、『はい、お疲れさま』と返してもらえるわけがない。強盗まがいの勢いで『徴収』してしまった、あのオーナーにどう謝ったらいいのやら。下手《へた》したら訴訟だ。懸案事項がさらに増えてしまった。

「歩くか、ケイ？」

「ああ」

とぼとぼと、本来の愛車——コルベットが駐車してあるコンサートホールへと歩き出す。

やっぱり知らんぷりして、ランチを食べに行くべきだった。

3

「バイファート鋼《メラ・バイファート》のなんたるかを、地球人《ドリーニ》に説明するのは難しい」

風紀班の会議室で、咳《せき》払いしてからティラナは言った。すこしすました感じだった。

「先ほどトニーから聞いたが、形状記憶合金……といったか？　おまえたちの発明したその金属がいちばん近い。ただし温度で伸縮するのではなく、ラーテナに感応してその形を変える。鉛《セス》のように軟らかくもなり、鋼《メラ》のように硬くもなり――」

会議室で彼女の話を聞く風紀班の刑事たちは八人だった。まず相棒のマトバ。キャミーとジエミー、二人の女刑事。トニーとゴドノフ。それから若手のコンビ、サンデル刑事とバスケス刑事。そして憤懣《ふんまん》やるかたない様子のジマー警部。

ジマーが怒っているのも無理からぬことだった。重要証拠《しょうこ》である暗殺犯の武器を勝手にいじり回し、しかもそこから得られた知見について、各局の責任者に隠したからだ。つい先ほど、会議の前にティラナが『もう一度あの銃を調べたい』と頼むと、ジマーは目を剝《む》き彼女を怒鳴りつけた。

（やかましい！　いまさら『あの重要証拠は魔法のアイテムでした。もう一度調べさせてほしいです』なんて言えると思っているのか!?）

そういうわけで、風紀班が単独で内偵を進めることになった。ほかの部署で、バイファート鋼のなんたるかについて理解が得られるとも思えない。

彼女は辛抱強い態度で、会議室の同僚たちに説明していた。

「形状記憶合金なんて、セマーニ世界の技術で作れるわけないだろ」

マトバが指摘すると、ティラナは首を横に振った。

「作っているわけではない。採取しているのだ」

「採取？」

「バイファート鋼は樹木から採れる。『ゲレス』という樹だ。その樹齢五〇〇年以上の樹皮から、バイファート鋼は産出される」

マトバたちはしばらく無反応だった。ティラナの説明がまったく理解できない様子だ。

「あー……樹木？　だって金属なんだろ？」

「そう。金属だ」

「金属は地下から採掘するもんだろう」

「普通はそうだ。だが、バイファート鋼は樹から採れる。『ファート』という砂鉄の一種と、『ノーゴ』という砂岩を多く含んだ土壌の上で、ゲレス樹は成長する。地下深くまで伸びた根からファートやノーゴが吸収され、長い年月をかけてゲレス樹の中で変化する。やがてそれは綿状のバイファート鋼になり、樹皮の表面に排出される」

「スチールウールみたいな感じかしら？」

と、トニー・マクビーが言った。

「スチール・ウールよりはるかにきめ細かいが、おおむねそのような解釈でよい」

「ふーむ……。ティラナは砂鉄って言ってるけど、もしかしたらそのファートってのはニッケルかチタン合金あたりかもしれないわね。で、ノーゴはケイ素化合物とか？」

あごに手をやり、トニーは思案している。きょうはピンクのスーツに、紫のネクタイといった姿だ。下手《へた》をしたら悪趣味丸出しなのに、これがまた絶妙に洒落ている。以前にマトバが『あいつは風紀班の〝オシャレ・バンチョー〟だからな』と言っていた。ティラナに正確な意味はわからなかったが、おぼろげに察することはできる。

「ニッケルがどうのだとか、よくわからねえな。それがなんだってんだ？」

ゴドノフが言った。

「形状記憶合金の材料よ。でも、それが樹木の中で精製されるなんて……もし本当なら、植物学者が卒倒しそうね。あと冶金《やきん》学者も」

「魔法使いが鍋の中で作るよりは、まだ辻褄《つじつま》が合ってる感じはするがな……」

と、ジマーがつぶやく。

「それで？　その綿状のバイファート鋼を採取したあと――あの銃ができるまでは、どんな工程があるの？」

「わたしも詳しくは知らないが……採取されたバイファート綿は、煮えたぎった油に浸され、専用の道具でかき混ぜられる。どんな油かは職人たちの秘伝だ。この作業は一〇日以上かかる。そして油から取り出した段階で、バイファート鋼は細くて頑丈な糸の形になっている。その糸を――」

「わかった。織るのね？」

「そうだ。専用の織機《しょっき》で布状に織る。この段階で、工芸品の形が決まる。鎧《よろい》なのか、剣なのか。美術品の場合もあるが……たいていは武具だな」

ティラナは昔、ミルヴォア騎士団の叙勲《じょくん》の際、自分用の鎧を仕立てるために、バイファート鍛冶の作業場へ赴《おもむ》いたことを思い出した。

グメンレ地方の山奥、ほとんど人の通わない渓谷《けいこく》の片隅にその鍛冶《かじ》師たちの集落はあった。広大なファルバーニ王国の中でも、バイファート鋼を加工できる集落は三つほどしかない。いちばん近いそのグメンレでも、王都からは馬で二〇日もかかった。

ラージ族の古老が彼女を出迎え、清めの儀式を執り行った。沐浴《もくよく》、断食、礼拝でさらに三日を費やし、その後、体の採寸が行われ、『一〇〇日後に取りに来い』と告げられた。

一〇〇日後、彼女が言われたとおりにすると、ラージ族の鍛冶師たちは、美しい長衣を用意してくれていた。

いまも使っている、あの長衣だ。

ラージ族に言われるがまま身にまとい、すこし緊張しながら呪文を唱え――それが一瞬できらめく鎧に変化したときの感動は、ひとことでは言い表せないくらいだった。

ラージ族はティラナの腰くらいの背丈しかない、小柄な民だ。術《ミルディ》にも長《た》けており、セマーニの民からは半ば妖精《フィエル》のように扱われている。つまり敬《うやま》われ、畏《おそ》れられている。

「バイファート鋼の武具作りは、驚異的ではあるが、魔法《マジック》ではない。機織《はたお》りの段階で、経験豊かなラージ族の織師《おりし》が形を決める。変化する前と、後の形を」

「金属繊維《せんい》の方向と伸縮率で、どんな形になるかを決めるのね？」

「おそらく、そうだと思う。そうしてできたバイファート鋼の布を幾重にも重ね、加熱し、膠《にかわ》に似た塗料を何度も重ねて塗り……詳しくは知らない。あまり詮索《せんさく》するのは、ラージ族の小さき人々に無礼だから」

「ラージなのに小さいのかよ？」

と、ゴドノフ。

「ファルバーニ語の話でしょ？　でもまあ……そのバイファート鋼、なんとなくイメージはできたような気がするわ」

トニーが思慮深げにうなずいた。

「俺はさっぱりわからん」

「俺もだ」

「あたしも」

マトバとゴドノフ、キャミーが口々に言った。ほかの連中も似たようなものだった。

「あのー。質量は変わらないわけよね？」

と、ジェミーが言った。

「そのとおりだ。重さは変わらない。なにもないところから、いきなり鎧《よろい》が出現するわけではないのだ。僚友《りょうゆう》のよしみで、特別に触らせてやる。持ってみろ」

ティラナは自分の長衣を脱いで、いちばん近くにいたトニーに渡した。

「重っ！」

トニーが驚き、隣のゴドノフに渡す。巨漢のゴドノフも意外そうに眉《まゆ》をあげた。次に受け取ったキャミーもぎょっとし、次のジェミーに至っては手を滑らして床に落としかけてしまった。

「こんなのいつも着てるの？　よく肩がこらないわね」

「ふふん。日頃の修行のたまものだ」

ティラナが小さな胸をそらす。

「この鎧のせいで成長が阻害されたのかもな」

ぼやくマトバを、彼女はにらみつけた。

「なにか言ったか？」

「別に。それより——その、バイファート鋼か。それを製品の形にするのは、簡単じゃないってことだな?」

「とても難しいはずだ。いくらおまえたちの科学力が優れていようと、そうおいそれと真似《まね》ができるわけがない。ましてや……銃だ。とても細かい部品で構成されているのだろう?　あれをすべて完璧《かんぺき》な形で成形するのは、ラージ族でも不可能だと思う」

「だからガバメントってことなのかもな。設計が古くて部品点数も少なめだから、まだちょっとは作りやすいのかもしれない」

「だったらリボルバーにすればいいのに。ずっと構造が単純だし、そのほうが楽だろ?」

と、ゴドノフが口を挟む。

「わからん。なにか理由があるんだろ。もしくは……技術的な挑戦とか。とにかく、前にもあったが、あの銃は明らかに地球とセマーニ世界のハイブリッド技術だ。その、ラージ族?　そいつらが地球の誰かと結託しているってのは?」

「それは……あると思う」

ティラナは暗い気持ちになった。あのバイファート鋼の銃を見たときから、彼女はその可能性に気づいていたのだ。

「結託じゃなくて、強制かもしれないぜ。人質をとったりして、無理に工芸品を作らせたりしてるのかもよ?」

サンデルが言うと、ティラナは首を横に振った。

「いや。ラージ族を脅して従わせるのは、生半可《なまはんか》なことではない。歴史上、人類の諸王《セマーニ》がラージ族を力で従わせようとしたことは何度かあった。だが、できなかった。部族の者が何人殺されようとも、決して従わなかったからだ」

さらには従ったふりをして、バイファート鋼の鎧《よろい》に『罠《わな》』を仕込んだラージ族の例も、ティラナは文献で読んだことがある。普通の呪文では鎧に変化するだけだが、それとは異なる『隠し呪文』を唱えると、襟首《えりくび》の部分が強く締め付けられ、着用者の首を切断するように作られていたという。ラージ族を奴隷化して鎧を作らせたその暴君は、ある戦争の出陣前に、いきなり首をころりと落として死んでしまった。

もう八〇〇年以上前の時代の、『ベヤーラ王の不名誉な死《オ・ベセラ・ノラータ・ニー・ファラータ・ベヤーラ》』という詩文に出てくる話だ。この詩文の影響もあって、ラージ族には呪いをかける力があると、民間では信じられている。

その伝説が本当かどうかはわからない。だがそうした罠を仕込むこと自体は、いまのラージ族でも簡単なはずだ。バイファート鋼の鎧を使うファルバーニ王国の騎士たちが、ラージ族の職人たちを敬《うやま》うのは、ただの迷信だけではない。命を託す道具を作る者に恨まれるのは、一万の敵に囲まれるよりもはるかに危険だということだ。

「つまり、積極的に協力してあの銃を作ったということか?」

ジマーがたずねると、ティラナはあいまいにうなずいた。

「積極的かどうかは知らない。だが……地球の技術を知る『何者か』と協調しなければ、あんな道具は作れないと思う」

「エルバジみたいな『天才的セマーニ人』って線もあるだろ？」

　と、マトバが言った。

　エルバジは、ティラナがこの街に来ることになった事件の首謀者だ。セマーニ世界の出身にもかかわらず、地球の科学技術を易々と修得し、妖精《フィエル》を使った術《ミルディ》の増幅装置──『精神爆弾』を発明して、地球のテロリストに売ろうとしていた。

「『進歩的』なラージ族のだれかが、地球技術を修得したと？」

「ああ」

「否定はできぬが……ラージ族はわれわれ《セマーニ》よりもはるかに保守的だ。地球の感覚でいったら……南米の奥地で狩りをしている人々が、いきなりコ、ン、ピ、ュ、ー、タ、ー、の、ブ、ロ、グ、ラ、マ、ー──とやらになるような……そんな違和感がある」

　エルバジは異端児だった。あんな男がゴロゴロいたら、いまごろ地球はセマーニ人の起業家たちの手で支配されていることだろう。

「なるほど。進歩的なおまえさんでさえ、表計算ソフトの扱いには手を焼いてるしな」

「うるさい。わたしだって努力はしているのだ」

　ティラナがむくれると、ジマーが軽く手をたたいた。

「よし、お嬢さんども。情報は出尽くしたな？　仮にこの件を追うとして、おまえらはどうする？　意見を聞かせろ」

そもそもこの事件は、風紀班《バイス》の領分かどうかもわからない。彼らの仕事は違法な薬物、銃火器、売春などの取り締まりであって、暗殺者やテロリストの追跡ではないのだ。

ティラナの証言だけをレポートにまとめて、市警内の対テロ班かＦＢＩに提出しておけば、それで済むのが通常のところだろう。『魔法の世界』の『魔法の武器』。与太話みたいなその報告書を信じるかどうかは、連中次第だ。風紀班は義務を果たしたわけなので、これまでどおりの業務に戻ればいい。

だがあの暗殺者が使っていた武器――バイファート鋼で製作されたコルト・ガバメントの模造銃についてならば、風紀班がくちばしを挟む名分にもなる。違法な銃器なのは間違いないからだ。

あの会議に出た刑事たちの総意は、当たり前だが『調べられることは調べておこう』というものだった。

その程度でカーンズやノーバムを殺した黒幕に迫れると期待しているわけではなかったが、それでもやれることはやっておきたい。でなければ、何か月後か何年後かに真相が明らかになったとき、いやな気分になるからだ。あのとき全力を尽くしておけば――と朝のニュースを見て後悔しながら、かじりつくトーストの味は最悪のものになることだろう。それにたぶん、翌朝のトーストの味もひどいはずだ。これは健康によくない。

風紀班として捜査は続けることになったが、内密に進める予定だった。なにかの成果が出ない限りは、ジマーのところで止めておく。

マトバとティラナは引き続きゼラーダの行方《ゆくえ》を捜すことになった。

あのバイファート鋼の銃については、トニーとゴドノフがあたる。以前の『精神爆弾』のときと同様、工作機械や３Ｄプリンタ、設計用のソフトウェアを探ってみる方針だ。

暗殺者の顔写真はあるので、キャミーとジェミー、サンデルとバスケスは夜の街で聞き込みをして回る。いまのところ、暗殺者の顔はＣＬＡＲのデータ上では該当がなかった。

方針が決まったところで、マトバとティラナは夜のオフィスを後にして、何人かの情報屋と接触した。

すべて空振りだった。

インチキ司祭のオニールのところにも電話したが、どこかのクラブで飲めや踊れやの最中らしくて、まるで会話にならなかった。電波も通じにくいみたいで、すぐに切れてしまう。

「どうするのだ？」

「オニールは明日にしよう。どうせ酔っぱらってて使いものにならねえだろうし」

マトバたちがコルベットでブルーバー通りを東に向かって走らせていると、ジマーから連絡があった。

残った市長候補、ドミンゴ・トゥルテが面会に応じるという。ただしいますぐ、三〇分後の二三時。時間はたったの五分間だ。

マトバはジマーに『すぐ向かいます』と告げ、車をUターンさせた。トゥルテはセントラル近くの高級ホテルに宿泊中だとのことだった。

「二人も対立候補が死んで、トゥルテはさぞや喜んでいるだろうな」

と、ティラナがつぶやいた。これから会う予定の男に、強い嫌悪を抱いているようだ。極右の地球人至上主義者に、セマーニ人の彼女が好意を抱けるはずもない。

「どうかな。疑惑の目が一気に注がれてるわけだし、トゥルテがシロだったら困り果ててるんじゃないのか?」

「シロだったら、だ。それにいま疑われているのは、日頃の言動の報《むく》いだろう」

車のラジオからは、モダ・ノーバムの暗殺事件のニュースが流れていた。

市長選の有力候補者が立て続けに射殺されたことで、サンテレサ市警の面目は丸潰《つぶ》れだ。巷《ちまた》ではモダ・ノーバムがセマーニ人だという理由で、市警が警備を『意図的に軽視した』という不説まで流れている。昼間の暗殺事件の直後、何人かのセマーニ人が不当に拘束《こうそく》されたという不手際も起きていて、そのときの映像がネットに流され、すでに一〇〇万ヒットを超えている。

市内のあちこちでセマーニ人の抗議集会が開かれており、対する地球人の排斥《はいせき》派もデモ行進を呼びかけている。

トゥルテ候補は暗殺事件を受けて、ノーバム候補を悼《いた》むコメントを発表したが、形ばかりのものだった。

夏の夜だというのに通りは人気《ひとけ》が少ない。いつもなら気楽に遊びに繰り出す市民たちが、無駄な外出を控えているのだろう。街の殺気だったムードがひしひしと伝わってくる。

「最近、すこしわかってきたのだが――」

ティラナが言った。

「どうやらわたしは、ずいぶんと恵まれたセマーニ人のようだな」

「なんだよ、藪《やぶ》から棒に」

「日頃、接している人々のことだ。マクビーたちやセシルなど、みんなわたしを『宇宙人』扱いしない。ジマー警部は口こそ悪いが、実は公平な扱いをしてくれている」

「普通はそうだろ」

「オニールたちですらそうだ。わたしの出自をネタにしてからかってくるけれど、悪気がないのは理解している」

「ふむ」

オニールたちの評価がここまで軟化しているのは意外だった。最初に会ったときは『いやしい盗人《ぬすっと》ども』だのと軽蔑《けいべつ》していたのに。

「むしろケイがいちばんひどいくらいだ」

「ひでえな。……きのうのデモのことでも考えてるのか？」

「……うん」

昨夜、セマーニ人排斥《はいせき》運動のデモ隊に出くわしてから、彼女もいろいろ思うところがあるようだ。

おとり捜査中に麻薬の密売業者から『あばずれの宇宙人め』だのと罵《ののし》られるのは毎度のことだが、ああいう形で『善良な市民たち』から悪態《あくたい》をつかれるのは、やはりショックだったのかもしれない。

「ケイ。旧市街を見ただろう？　この土地はもともとファルバーニ王国のものだった。……だというのに、彼らはセマーニ人に『出ていけ』と言っている。これは理屈にあわない」

「……あんまり深く考えすぎないほうがいいぜ。ケニーと最初に会ったときのことを覚えてるか？」

オニールの店の用心棒のことだ。

「ああ。オニールのクラブで『宇宙人は嫌いだ。帰れ』と言われた」

「あれは本心だった。あいつはいまでもセマーニ人が好きじゃない。前に別の店で用心棒をやってて、セマーニ人の酔客に刺されたことがあるそうだ」

ティラナは目を丸くした。

「知らなかった。ケニーは一言も、そんなことなど……」

「そりゃあ言わないだろうさ。あいつはおまえのことが好きだからな。おまえに遠慮されたくないんだ」

「好きというのは……」

「もちろん、女としてって意味じゃない。親戚の女の子を気遣ってるような感じだよな。おまえはほら、端《はた》から見てて危なっかしいから」

「むう……」

「それでな？　おまえが来るようになってから、ケニーはほかのセマーニ人客への当たりが軟らかくなった気がする。これは前進だろ。あいつが選挙に行くとは思えないが、もし投票に出かけたらトゥルテには入れないだろうよ」

「………」

「役に立ったか？」

「そうだな……ありがとう」

ティラナが小さくつぶやいた。すこしだけ胸のつかえが取れた様子だったが、それでもその横顔から暗いものが消え去ることはなかった。

「セマーニ人の警官？　世も末だな」

ドミンゴ・トゥルテ候補がティラナを見たときの第一声が、これだった。

中央街《セントラル》にほど近い高級ホテルの最上階の一室。一泊二〇〇〇ドルくらいはしそうな広大なスウィートで、トゥルテはくつろいでいた。左右に選対スタッフ、さらにその左右には市警から派遣された警備要員が控えている。

トゥルテは政治家というより、軍人に近いタイプの男に見えた。

スーツはジョン・フィリップスだが、本来なら迷彩服が似合いそうなタイプだ。よく日焼けして、目尻には細かい皺《しわ》が寄り、顎《あご》周りと首筋には贅肉《ぜいにく》がまったく見あたらない。

とはいえ軍にいた経歴はないはずだった。かつてはボクシングとヨットレースの選手として名を馳《は》せ、その後は起業家として成功を収め、政界に進出して一〇年くらいになる。

自信に満ちあふれ、並みいる敵をたたき伏せ、すべてをつかみ取ってきた男といったところか。

「この娘に地球の法律が理解できるのか？　仮に英語が読めるとしての質問だが」

「修正第一五条なら知っているぞ」

人種差別を禁じた憲法の条文のことだ。嫌みたっぷりのティラナの答えを聞いても、トゥルテは顔色ひとつ変えなかった。

「その手の皮肉は聞き飽きとる。まあいいだろう。……それで？　なにを聞きにきた？　昼から何度も同じ質問をされて、うんざりしているんだが。できれば今度は、私が殺し屋を雇って、カーンズとノーバムに差し向けたという話以外のことをお願いするよ」

「念のための予備調査ですよ。あなたの安全が目的です」

マトバが言うと、トゥルテは大げさな仕草で、左右の護衛を交互に見た。

「私の安全？　ありがたいことだね」

サンテレサ市警の警護は大してあてにしていないと言わんばかりの態度だった。護衛の警官は無反応だったが、選対スタッフは失笑した。

「失礼」

マトバは鈍感を装い、くだらない質問から始めた。

「選対スタッフにセマーニ人はいますか？」

「いないね」

「今後、雇用する予定は？」

「ない」

「あなたの政治集会に、セマーニ人が入場することを制限する意志はありますか？」

「それもないね。私の話を聞きたいセマーニ人なら、いつでも歓迎だ。まあ、『トゥルテはヒトラーの再来だ』というプラカードを隠し持っていたら、没収させてもらうだろうが」

トゥルテはにこりともせず言った。冗談のつもりではなかったようだ。

「銃よりプラカードのほうが困るようですな」

「そのとおり。私の戦いには、銃など役に立たない。……えー、きみ。マトバ刑事だったか？　私の公約を読んだかね？」

　実はまともに読んでいなかったが、それでもマトバは自信たっぷりに答えた。

「はい」

「メディアはまったく取り上げてくれないが、私は銃規制に賛成だ。しかるべき社会的責任と正当な所得を持ち、法執行機関の厳しい審査に合格した市民だけが、銃器の所持を許可されるべきだ。君はどう思う？」

「賛成です」

　本心では賛成しかねていた。

　そうした形の銃規制は、概してすぐに形骸化《けいがいか》するからだ。トゥルテが言うその『まっとうな市民』が、カネに困ってどこかのチンピラに自分の銃を売り、後日、警察に盗難届や紛失届を出したとしたら？　それを罰することができるのか？　法の抜け穴はいくらでも生まれるだろうし、密造銃の製造も止められない。

　警察以外の銃所持を完全に禁じるほか、この問題は解決しようがないだろう。基本、民間人は銃を持っていたら即アウト。即逮捕だ。現代の刀狩り。一度、すべての民間人から銃器を取り上げてしまうのだ。

　だがそれも実現不可能だ。憲法修正第二条に明らかに反するし、社会の実情にも適していない。

都会の高級アパートに住むガンマニアの男なら、ため息をつくだけで済むだろう。しかし猛獣が出没することもある山奥に住む男にとっては死活問題だ。『なにかあったら、なにもできずに死ね』と言われているに等しい。電話で911を押して助けを呼んでも、パトカーが駆けつける時間には差があるのだ。都会なら五分だが、ド田舎《いなか》なら一時間。これはフェアではない。

そんなマトバの考えが表情にあらわれてしまったのだろう。トゥルテは見透かしたように片方の眉《まゆ》をつり上げた。

「口では賛成と言ってるが、本心ではなさそうに見えるな」

「……難しい問題ですからね。ただ、街に出回ってる銃の数がせめて半分になってくれたら、警察の仕事もずいぶん楽になるとは思ってますよ」

「半分か。それなら実現できそうだな。覚えておこう」

これも冗談ではないようだった。

「銃といえば、トゥルテさん。あなたは銃を所持していますか？」

「持っていない。生まれてこの方、ずっとだ。あんなものを持ちたがるのは、意気地《いくじ》なしの証拠《しょうこ》だ」

彼の護衛も銃を持っているだろうに、トゥルテはまったく気遣いの様子を見せない。護衛たちも慣れているのだろう。これといった反応は見せなかった。

「選対スタッフについては？　銃の所持者はいますか？」

「知らん。狩猟用のライフルくらいだったら、一人か二人いたかもしれん。君らが調べればすぐわかるだろう」

「自動拳銃はどうでしょう？　二人の候補者はどちらも九ミリ口径のベレッタで射殺されてまして——」

「いい加減にしてくれないか」

トゥルテは座席から身を乗り出し、テーブルの上に手を乗せた。太くて短く、たくましい指だ。

「私のスタッフがそのベレッタだか何だかを持っていたら、逮捕でもするのか？　だったら世界中のベレッタの所持者を先に捕まえてくれ」

「あなたの安全のためです。犯人との共通点がある人間がいないか、念のために調べているんです」

マトバはいくらか嘘《うそ》を混ぜていた。犯行に使われたのは四五口径のガバメント・モデルだ。なにか不審な反応をするかどうか試してみたのだが、これは空振りのようだ。

そして安全のためというのは、本当だった。トゥルテの身近に銃を所持したスタッフがいて、もしそいつにゼラーダの息がかかっていたとしたら、トゥルテが殺される危険がある。

「私を疑うのは勝手だが、ひとつ言わせてもらおう。カーンズとノーバムが生きていたとしても、私は選挙に勝っていたさ。なぜか？　それは私の主張が正しいからだ。カーンズを殺したのはだれか？　セマーニ人だ。彼らは地球のルールを理解していない。だから犯罪に手を染め、極度に安い賃金で働き、まっとうな地球人から職や財産を奪っている。サイプレス地区を見たかね？　五年前は静かな住宅街だったが、いまではセマーニ人だらけだ。わがもの顔で街を占領している。われわれ地球人が建設した、この街を。おかしいではないか」

「この土地はもともとセマーニ人のものだ。だれがいつ、こんな大きな街を作ってほしいと頼んだ？」

我慢できなくなったのか、ティラナがとうとう口を挟んだ。

「ちがうね。ここは地球だ。地球の、太平洋にある島だ。もうおまえたちのものではない。空間転移だか何だか知らないが、この島と入れ替えに太平洋の海水や魚がおまえたちの世界に飛ばされたらしいな？　喜べ。その魚は全部セマーニ人にくれてやる」

「恥知らずな……！」

「やめろ、ティラナ」

「それが地球人のルールだというのか？　不公正にもほどがある！　おまえには指導者の資格などない！」

マトバの制止も聞かずに、ティラナはトゥルテを面罵《めんば》した。このときはさすがに、護衛の警官が一歩前に出て万一に備えた。

「指導者の資格を決めるのは君ではない。投票の結果だ。それが民主政治だ」

トゥルテはまったく動じずに、ティラナをにらみ返した。目の前の小娘が、その気になったら素手でも自分を殺せるなどとは、まったく想像できないのだろう。

「それに――お嬢さん。不公正といったな？　大きな間違いだ。政府は以前から対価を払っている。元の住民には生活保護と住宅提供をしているし、その後の移民にも同様の手厚い助けを用意している」

「雀《すずめ》の涙ほどの生活保護と、狭くて粗末な団地部屋が対価だと？　戯言《ざれごと》を言うな」

「どんな住居だろうと、電気や水道は通っている。それでも不満なら、帰ればいい。資金援助を施《ほどこ》して、セマーニ人をゲートの向こうに帰らせる制度すらこの市にはある。あちらの通貨基準なら一年は楽に暮らせるほどのカネだ。だが帰らない。おまえらはみんな、帰らない。なぜか？　地球の文明が気に入ってるからだ。照明、クルマ、空調、ネット。栄養たっぷりの食事と充実した医薬品。はるかに進んだわれわれの文明を享受し、楽しみたいのだ」

「詭弁《きべん》だ！」

「いいや、真実だ。そして私がこの街のセマーニ人たちに言いたいことは、きわめてシンプルだ。『楽しむのは結構。ただしこちらのルールは守れ。いやなら帰れ』。それだけだ」

「…………」

「私はなにか、間違ったことを言っとるかね？」

百戦錬磨の論客であるトゥルテに、若いティラナがかなうはずもない。これがもしあのノーバムなら、トゥルテの論法の穴を的確に見出《みい》だし、正確無比な反撃を次々に繰り出して、なかなかの見物《みもの》になったことだろう。生配信ならヒット数激増は間違いなしだ。

「だが……。だが……」

なおも言い募《つの》ろうとする彼女を遮《さえぎ》り、マトバは努めて気楽な声で言った。

「失礼しました、トゥルテさん。彼女も勉強になったと思いますよ」

「だといいのだがね」

トゥルテは『ふん』と鼻を鳴らした。

「最後に一つだけいいですか？」

「もう時間をオーバーしている。本当に最後にしてくれるなら、いいよ」

「では……どちらかを選ぶとしたら、どう答えます？　あなたは――地球人ですか？　政治家ですか？」

マトバの奇妙な質問に、その場にいたほとんどの人々は怪訝《けげん》な顔をした。トゥルテもだ。だが彼は興味深そうにマトバを見つめ、しばらく黙考し、まるで自分に言い聞かせるようにつぶやいた。

「マトバ刑事。ユニークな質問だ。実にユニークだ」

「どうも。答えは？」

「うーむ。政治家……だろうな」

この答えは、マトバにとっても意外だった。

「地球人ではなく?」

「そうだ。私は自分の人生を愛している。闘争も含めて。もし私が……向こうの人間に生まれたとしても、やはり同じ道を選んでいたのではないかと思うよ」

「すまない、ドム。そろそろ時間だ」

選対スタッフの一人が告げた。彼らが担ぎ上げているドミンゴ・トゥルテ候補が選挙戦略上、不用意な発言をしないか、警戒しているようにも見えた。

すぐにトゥルテも我に返ったようだった。

「ああ、そうだな。……では失礼するよ、刑事さん」

「いえ、ご協力に感謝します」

トゥルテが席から立ち上がり、となりの部屋へと消えていった。

さすがに握手は求めてこなかった。

帰りの車内で、ティラナは不機嫌を隠そうともしなかった。

「最低《ケーニシエバ》だ!」

オープンカーの風に負けないくらいの声で、彼女は叫んだ。

「ドミンゴ・トゥルテは噂《うわさ》どおりのクズだな! あの男に投票する奴の気がしれないぞ!」

「まあ、典型的なタカ派だな。主義主張もテンプレみたいにわかりやすいし」

「なにをのんきに！　だいたいおまえもおまえだ、ケイ。『彼女も勉強になったと思う』だと!?　わたしがあの男から学ぶことなど、ひとつもないぞ！」

「ああ言うしかないだろ。聞き込みの相手に、喧嘩《けんか》を売ったバカのせいだ」

「わたしはバカではない」

「いいや、バカだ。……それで？　バカなりに気づいたことはあったか？　トゥルテが黒幕って線は、どう思う？」

「それは……」

彼女はうつむき、考えこんだ。

「確証はない。しかし……トゥルテの周囲に死人《しびと》はいなかったようだ。それ以外のラーテナの香り《ブラニィ》もまったくなかった」

「そうか」

もちろんそれだけでは、トゥルテが事件に関与しているかどうかなど判断できない。だがティラナの話はマトバの予想どおりだった。

「それよりケイ。最後の質問……あれはなんだ？　『地球人か、政治家か』などと。意味がわからなかったぞ」

「ああ、あれは……。おまけみたいなもんだよ」

「？」

「ロスの最期《さいご》を覚えてるか？　俺と撃ち合う前のやりとりだ」

前の上司のジャック・ロス警部のことだ。真面目《まじめ》な警官だったが、裏でゼラーダと組んでいた。

「ああ……。ロスは言っていたな。たしか……『自分は警官である前に地球人だ』と」

「ロスなりにいろいろ考えた末の結論だったんだろう。で、ロスは警官であることを捨てた。同じ命題をあのトゥルテに尋ねたら、どう答えるか興味があったんだ」

「奴の答えはロスとは逆だった。だからゼラーダとは組んでいない、と言いたいのか？」

「そこまでは言わないが……参考くらいにはなるだろ」

ティラナが横目で彼をにらんだ。

「ケイ。ひょっとしておまえは、あの男に好感を抱いているのか？」

「まさか。だがメディアの報道よりはまともな男だと思ったよ」

「冗談はやめろ。奴が市長になったら、セマーニの民を迫害しはじめるぞ」

迫害までは行かずとも、冷遇するのは間違いないだろう。ティラナも警察をクビになるかもしれない。

「心配するな。俺はトゥルテには投票しないよ。とはいえ、ロクな候補が全然いねえんだよな。困ったもんだ」

泡沫《ほうまつ》系の立候補者は一〇人以上いるのだが、イロモノばかりだ。婚姻制度の撤廃を求める元ポルノ女優やら、サンテレサ市の独立王国化を叫ぶセマーニ人の老人やら、あらゆるドラッグの完全合法化を唱えるアーティストやら。ほかはトゥルテよりももっとひどい極右か、市内に集団農場《コルホーズ》でも作りそうな極左ばかり。

こうなると健康問題を理由に引退する現職市長が、神様みたいに思えてくるくらいだ（その市長にしたって、とても有能とは言いがたいのだが）。

政治の話はさておくとして、だ。

「なんにせよ、こちらは手詰まりだな。トニーやキャミーたちがなにか見つけてくれるのを当てにするか」

自宅のあるニューコンプトンに続くブルーバー通りへと車を走らせ、マトバはあくびをかみ殺した。もう午前の一時半だ。今夜はカンバンにしていい頃合いだろう。

「……ケイ」

「ん？」

「……昼からずっと迷っていたのだが、やはり話しておく。あの暗殺者が最期に言った言葉だ。覚えているか？」

思い詰めた様子でティラナが言った。

「ああ。『レーゼ』だとかなんだとか。意味はさっぱりだが」

あの言葉については、夕方に提出した報告書にも記述しておいた。自分の知らないファルバーニ語なのではないかと思って検索もしてみたが、該当はなかった。

「あれは英語で『師兄《メンター》』という意味だ。ただし辞書には載っていないだろう。なぜなら……『師兄《レーゼ》』は、わがミルヴァア騎士団の中でだけ使われる言葉だからだ」

「なんだって？」

あの正体不明の死んだ男──いわゆる『ジョン・ドゥ』は地球人だった。その地球人が、異世界の騎士団の内部関係者にしか知りようのない言葉を使ったと、ティラナは言っているのだ。

魔法を使い、剣を使い、ミルヴァア騎士の言葉を使う地球人。

「それだけではない。あの男の短剣《ディナンゲ》も術《ミルディ》も、ミルヴァア騎士が使うものとよく似ていた」

「つまり、どういうことだ？」

「つまり……そう、つまりだ。あの地球人の暗殺者を仕込んだのは、おそらく……いや確実に、わたしと同じミルヴァア騎士だ」

驚くと同時に、マトバはあきれた。

「おまえな。なんでもっと早くそれを言わないんだよ!?」

「……すぐには受け入れられなかったのだ。ミルヴァア騎士の崇高なる技《わざ》と術《すべ》を、あんな矮小《わいしょう》な暗殺に使う者がいるなどと……」

「知ったことか。これはヤバいぞ。下手《へた》したらおまえまで疑われる」

　これほどの事件だ。捜査当局は甘くない。もしこの情報を知ったら、あの暗殺者――いわゆる『ジョン・ドゥ』を鍛えたのはティラナ本人だと騒ぎ出す偉いさんが出てくるのは、容易に想像できた。

「だから迷っていたのだ。しかも、もっと悪い報《しら》せがある」

「聞くしかなさそうだな。なんだ？」

「あの太刀《たち》筋。あの体さばき」

　昼間の追跡劇を思い出しているのだろう。ティラナの白くて細い指が、ピアノ奏者のように空中で踊った。これも地球人にはあまり見ない仕草だ。

「おそらくだが……あの暗殺者の師兄《レーゼ》は、わたしの兄だ」

「兄貴？　前に言ってた、戦争で死んだはずの兄貴か？」

　名前はたしかグレーゼと言っていたか。戦争中、ごく一握りの地球人とセマーニ人が結託して生まれた秘密結社に所属しているかもしれないと、『見えない狼《おおかみ》』の事件のときにティラナから聞かされた。

「幼いころだが、わたしはよく兄に稽古《けいこ》をつけてもらった。体が覚えているのだ」

「兄貴とは限らないだろ。その兄貴の師匠だとか、弟弟子だとか、そういう奴が教えた可能性もあるんじゃないのか？」

「師匠というのは考えにくいが、確かにヴレーデニ派の剣士は多い。わたしの思い過ごしという可能性もある。だが、あの流麗な太刀《たち》筋は……」

言葉がとぎれる。

ティラナの憂い顔は、妙なことだがひときわ美しかった。同じ日に人を殺したとはとても思えない、弱く、頼りないその横顔。マトバはこの少女のことが、ますますわからなくなったような気がした。

●

ジェミー・オースティン刑事は歩きスマホの達人である。

いまもこうして夜の繁華街を歩きつつ、SNSのニューストピックを拾い読みして、シカゴ在住の母親から送られてきたバカな三秒動画にコメントを返し、ポケモンを捕獲してから、また別のニュースをすらすら読んでいる。雑踏の人々を、右へ、左へと避けながら。

この相棒の目は実は複眼なのではないかと、キャメロン・エステファン刑事はよく思う。これまで誰かにぶつかったことが一度もないし、前に紙くずを投げつけてやったら見もせずに避けた。ほとんど禅《ぜん》の領域だ。

「ほんと器用ね、ジェミー」

「うん」

ジェミーが生返事をした。

「いつもはドンくさいのに」

「うん」

キャミーはいらだち、語気を強くした。

「ねえ、ジェミー、聞いてるの？」

「うん。あたしが器用。いつもはドンくさいんでしょ？　……って、ドンくさいってなによ？　失礼ね！」

聞いているのやら、聞いていないのやら。抗議してから、ジェミーは怪訝《けげん》な顔で聞いてきた。

「……というか、なにが器用なの？」

「歩きスマホよ」

「ああ。ついニュースに夢中になっちゃったの。ノーバムの射殺事件の影響で、イースト・ロックパークで暴動が起きてるみたい」

「暴動？」

「デモ隊の一部が警官とぶつかって、興奮した連中が近隣の電器店やドラッグストアをぶちこわして……ほら、こんな感じ」

ジェミーがスマホで動画を見せた。電器店のガラスを叩き割り、店内からテレビやカメラや電子レンジを抱《かか》えて出ていく地球人たち。東洋人の年輩の店主が『やめてくれ』と泣き叫んでいる。

「これ、一〇分前の動画。似たようなことが市内のあちこちでも起こってるみたい」

「マジ?」

「本部長は外出禁止令も検討してるそうよ。市警の全職員にも警戒を呼びかけてて……」

初耳だった。キャミーは市警本部からそんな指令など受け取っていないし、いま歩いている
メトセラ通りは、まったく、完全に、いつもと変わらない。

月曜日の夜。明日の仕事もあるのだけど、憂さ晴らしに遊びに来た人々で、ほどほどににぎわっている。

「でもここ、暴動ってムードじゃないわよね」

キャミーがつぶやくと、ジェミーは相変わらずスマホをいじりながら、肩をすくめた。

「ここはメトセラだから」

いや。

道を行き交う人々の表情が、どこか落ち着かない理由は、明朝も出勤しなければならないということではないのだろう。イースト・ロックパークはここから遠いので、心配はいらない――ここで遊ぶような連中は、政治運動などどうでもいいはずだ――そう自分に言い聞かせて、ハメを外そうとしているのではないか?

「ああ、いけないわ。死者も出たみたい……」

と、ジェミーが言った。

「死者?」

「しかもセマーニ人よ。暴動に巻き込まれただけの一般人。これはヤバいと思う」

キャミーは自分のスマホを起動して、よく使うSNSをチェックした。大炎上の真っ最中だった。

激怒するセマーニ人。必死になだめる地球人と、『あんなところにいたのが悪い』とあおり立てる地球人。泥仕合《どろじあい》が暴走し、まともな意見など無視されまくっている。

キャミーは歩きスマホの達人でもなんでもなかったので、通行人の肩にぶつかってしまい、罵声《ばせい》を浴びせられた。

「どこ見てんだ!?　クソアマが!」

言うだけ言って、去っていく。よくあるパターンだ。だがその通行人の罵声は、いつもより強いような気がした。それでもキャミーは職業的な義務感から、メトセラをうろつく街娼がよくやるように、からかい半分に中指を立てて舌を出し、ぴったりしたホットパンツのおしりをくねくねさせた。おかげで周囲の人々は、この街で五分に一度はおきる光景を見ただけの反応で、すぐに関心を失って散っていった。

「もう。目立つ真似《まね》はやめてよ、キャミー」

ジェミーが声を潜めて言った。

『あんたの名人芸のほうがよっぽど目立ってるわよ』と言いたくなったが、面倒くさいのでキャミーは『んー』とうなるだけにした。

「それより仕事よ、仕事。一一〇五番地ってこの辺よね？」

「二つ先の角。折れて三軒目」

グーグル・マップを一瞬だけ確認して、ジェミーが言う。ちょっと先にストリップ・バーがあった。違法スレスレの巨大な液晶の看板。その向こうの角を曲がった、すぐ先のビルが目的地だ。

この夜、二人はこのメトセラで街娼相手に聞き込みを続けていた。例の『ジョン・ドゥ』――ノーバム候補を射殺した犯人の顔写真を見せ、心当たりはないかと聞いて回っていたのだ。街頭カメラの顔認識ＡＩをごまかす裏技はあれこれあるが、娼婦の直感はごまかせない。

だがほとんどの街娼たちはそろって『知らない』と答えた。

嘘《うそ》ではないだろう。基本、彼女らは協力的だ。キャミーとジェミーが市警の刑事――娼婦風に装ったおとり捜査官だということを、街娼たちは知っている。しかも彼女らは、それを客や元締めには話さない。明らかなルール違反を犯さない限り、キャミーたちは滅多に街娼を検挙しないからだ。

かわりにキャミーとジェミーは街娼たちの面倒をみる。幼い子供の預け先に悩む街娼の相談先を斡旋《あっせん》したり、暴力的で評判の悪い客をぶち込んだり、不当な取り分で女たちを搾取《さくしゅ》する元締めに警告を出したり。キャミーたちはたまに自分のことを、刑事ではなくソーシャル・ワーカーなのではないかと錯覚することがあるくらいだ。

だが、おかげで信頼は勝ち取っている。

キャミーとジェミーがこのメトセラで、ぶらっと歩いて顔見知りの街娼に『最近、どうよ?』と尋ねれば、かなりディープな話が聞けるというわけだ。

もちろん恩を仇《あだ》で返すようなタイプの女もいるのは事実なので、ハンドバッグに拳銃をしまっておく習慣をやめる気はないのだが。

「一一〇五……一一〇五……っと」

問題の一一〇五番地は、そうした顔見知りの街娼の一人が住んでいる安アパートの所在地だった。

『ジョン・ドゥ』の写真を見た街娼の一人が、そう証言したのだ。

(この兄ちゃん……先週かな? ルーがとった客に似てるかも)

ルーはキャミーたちも知っている街娼だった。若くて、バカで、問題ばかり起こしている。しかもたいして美しくない。

(ルーが?)

(たぶん。いや、わかんない。あいつが客の車に乗るとき、ちらっと見ただけだから)

ルーは今夜、仕事を休んでいるそうだった。連絡してみたが、返事がない。住所はすぐにわかったので、キャミーたちは彼女のアパートに足を運んでいるのだった。

一一〇五番地。ルーの五階建てのアパートはすぐに見つかった。

一階は商店。電器屋と不動産屋と時計屋が軒を連ねている。たいして流行《はや》っているようにも見えないし、深夜のいまは閉店中だ。

二階から上は住居だった。窓にはすべて頑丈な鉄格子がはめてある。時計屋の脇にあるエントランスも鉄格子。安物のドアホンにルーの部屋番号を打ち込もうとしていたら、勝手に鉄格子のドアが開いた。中からジャージ姿の住民が出てきたのだ。

「こんばんは……！」

とジェミーが軽い挨拶《あいさつ》をしたが、その住民は彼女の豊かな胸の谷間を一瞥《いちべつ》しただけで、なにも答えず夜の街へと出ていった。

ちょうどよく開錠されたドアをくぐりながら、キャミーは言った。

「なにあれ？　ああいうときは、せめて『ハァーイ』でしょ」

「でも、なれなれしすぎない？」

「育ちが良すぎるのよ、あんた。たまに不安になるわ」

「そう？　普通だと思うんだけど……」

ジェミー・オースティンの父親は内科医だ。ＬＡのなんとかいう大病院でおえらい役職についているらしい。母親は歴史学者で、専門は一八世紀のアメリカ史だかなんだか。こんなインテリ夫婦（しかもたぶん裕福）に育てられたのに、どうしてサンテレサ市のヤクザな刑事なんぞになってしまったのか？　なにしろジェミーは飛び級で大学を出たくらいの秀才なのだ。成績は悪くなかったが高卒で警官になることを選んだキャミーとは次元が違う（このキャリアの差で、二人はポリス・アカデミーの同期生になった）。

以前、その疑問を直接たずねてみたところ、ジェミーは『自分を試したかったの！』と目を輝かせて言った。

真面目《まじめ》なエリートの若者にありがちなコンプレックス――『自分は恵まれすぎていて、社会や人間の本質というものをわかっていない。ナイーブな自分を変えなければ！』という、自分探し的なアレだろうか？　向上心があるのはけっこうなことだが、それに付き合わされて調子が狂う（しかも危険な任務の）庶民のビミョーな気持ちもくみ取ってほしいものだ。……まあ、ジェミーがいい奴なのは間違いないのだけれど。

「ねえキャミー、あたし変？」

「変だけど、気にしなくていいわよ」

「ふーむ……そう。ありがと」

チン、とアラームが響き、エレベータが四階に着く。廊下に出ると、たちまち激しい罵声《ばせい》が聞こえた。

「あら」

よく知っている、男と女の諍《いさか》いの声。断片的に聞こえてくる、うんざりするような数々のフレーズ。

（このクソアマ）

（あんたにはうんざり）

（だれのおかげで）

（殺したければ殺しなさいよ！）

あれやこれや。音源はもちろん、ルーの部屋――四〇二号室からだ。ドアホンで呼び出さなくてよかった。

「どうするの？」

「どうもこうも……ルーが危ないでしょ？」

キャミーは四〇二号室に駆けつけ、ドアをノックして、だみ声で叫んだ。

「ちょっと！　下の住人だけどうるさいんだよ！　夫婦喧嘩《げんか》ならよそでやりな！」

「うるせえ！　黙ってろ！」

室内から男が叫んだ。

「黙れだって？　いいのかい、警察に通報するよ!?」

「勝手にしやがれ！　……いや、いや、ちょっと待て！　ちょっと待ってくれ！　通報は待つんだ……！」

ややあって、四〇二号室の扉が開いた。上半身裸で、ドレッドロックの若い男が姿を見せた。細身だが筋肉質。ボクサーみたいな体つきの、ギャング風だった。

「なんだ、てめえら？　ルーの商売仲間か？」

相手が華奢《きゃしゃ》な若い女二人だとわかった途端、男の態度は横柄になった。

「彼女に話があるの」

「あいにくだな。俺もそこの淫売《いんばい》と話の最中だ。帰りな」

開いたドアの隙間から、リビングにいるルーの姿が見えた。こぼれた鼻血と涙を、ティッシュペーパーで拭いている。このヒモ男にしこたま殴られたのだろう。

一瞬、彼女と目が合った。

バカで非力で貧乏なルーが、キャミーたちを最後の神みたいな顔で見つめている。『どうか、どうか見捨てないで』と、全力で訴えている。うんざりした気分のまま、キャミーは言った。

「帰るのはあんたよ」

「なに？」

「帰れって言ってんのよ。短小野郎」

たちまち男の目に凶暴な光が宿った。乱暴に扉を開いて、キャミーたちを見下すように腕を組む。

「いま、なんつった？」

「耳が聞こえないの？　短小野郎って言ったの。甲斐性《かいしょう》なしの、弱虫の、女相手にすごむしかできない、短小――」

言い終わるより前に手が飛んできた。

生意気な娼婦をはり倒そうとしただけだったのだろう。たいして速くない。キャミーが軽く背中を反らすだけで、男の平手は空を切った。

「てめ……」

「ださっ。話も聞けないの？」

空振りでよろめいた男が、とうとう拳《こぶし》を握りしめた。

はい次。

半端な右ストレート。無意味な左フック。もう一回、ちぐはぐな右ストレート。

ひょいひょいと全部よけたら、激昂してこちらの首筋をつかもうとしてきた。二、三歩下がって姿勢を崩してやってから、相手の伸びきった手首をつかみあげ、両腕で肘《ひじ》に逆関節をきめる。

「っ……!?」

さらに男の姿勢が崩れた。右へ、左へ。倒れそうになった男の顔面がいい位置に来た。全力で膝蹴《ひざげ》りをたたき込む。ぐちゃっといやな感触。男の鼻が潰《つぶ》れた。

「んっ……」

男がくぐもった声をあげて、のけぞり、膝を折る。それでもキャミーは手首を放さなかった。全身の力をこめ、過酷なひねりを加えると、男は床に顔を押しつけたまま、耐えがたい苦痛に悲鳴をあげる。

「痛い、痛い、痛い！　やめ、やめ……！」

「うるさい」

手を放し、側頭部に蹴りを入れる。床に頭を打ち付けて、男は昏倒《こんとう》した。

「ふー。ちょうどいい運動になったわ」

キャミーはつぶやいた。

「昼にホットドッグを四つ食べたでしょ？　ずっとモヤモヤしてたのよ。カロリー計算的な意味で」

キャミーの大食いは、風紀班の中でもよく知られていた。

「でもキャミー、あのホットドッグは一つあたりだいたい二五〇キロカロリーよ。合計一〇〇〇キロカロリー。対するに、いまのケンカの消費カロリーは五〇にも満たないわ。つまりこのヒモ男を二〇人くらい痛めつけないと、あの罪深いランチを正当化することはできないと思うの。……あ、もちろんあなたの基礎代謝については計算から除外してるけど」

ごく真面目《まじめ》な顔でジェミーが言った。いまでこそスタイル抜群のモデル体型だが、一〇代のころはけっこうな肥満体だったそうなので、ダイエットには一家言《いっかげん》あるのだろう。

「ほっといてよ」

「せめて炭水化物は控えるべきよ」

「うるさい。……それで、ルー？」

部屋の片隅にしゃがみこんで、何度も涙を拭いているルーに声をかける。黒いアイシャドウがにじんで、パンダみたいな顔になっていた。

「あ……ありがと、キャミー。あんたってマジ強いのね。口だけだと思ってたよ」

「カッコいいでしょ？」

「うん。結婚してほしいくらい」

ジェミーの助けで立ち上がり、そばのベッドに腰かけながら、ルーは引きつった笑顔を浮かべた。

「あんたが足を洗ったら考えてもいいわよ。それより聞きたいことがあるの。先週、あんたが取った客のこと」

「？」

「こいつよ。知ってる？」

スマホにあの暗殺者――マトバが撮った『ジョン・ドゥ』の顔写真を表示して、ルーに見せる。

「ああ。覚えてるよ。金曜日の夜。五人目の客でクタクタだったけど、まあ……優しかったからね。むしろ妙にテンションあがっちゃって、ハッスルしてサービスした。……って、なにこの写真？　え？　彼、死んだの？　やだっ」

ようやく気づいた様子で、ルーは眉《まゆ》をひそめて口に手をあてた。写真はあからさまな死に顔だ。開かれた目はうつろだし、石畳には血だまりができている。

「死んだわ。この男は、モダ・ノーバムを射殺した犯人よ」

「モダ……だれ、それ？」

「選挙《エレクシヨン》の候補者よ」

「ボッキ《エレクシヨン》の候補者？　わけわかんねーんだけど。そんなの男なら全員じゃん」

キャミーとジェミーは、頭痛と胃痛を同時に感じた。

「うん。まあ……そうだけど。とにかく知ってるわけね？　この男」

「うん。知ってるよ」

「名前は聞いた？」

「まさか」

「なにか覚えてることはない？　なんでもいいの」

するとルーは考え込んだ。

「そうだねえ……。さっきも言ったけど、ベッドマナーは良かったよ。あとスタミナがヤバかった」

「身の上話とかはしなかったの？　出身地とか、いまの仕事とか」

「ぜんぜん。無口な客だったから。『痛くないか？』とか『すこし休むか？』とか。それくらい。ほかには……うーん。ああ、腕にタトゥーが彫ってあったわ。このあたり」

ルーは自分の右の下腕部——肘《ひじ》のちょっと下のあたりを指さした。

「タトゥー？　どんな図柄？」

「なんか、こう……ダサい帽子を被《かぶ》ったブルドッグの絵。まあタトゥー入れてる客なんてゴロゴロいるから、気にもとめなかったけど」

ブルドッグのタトゥー。それだけでは、なんの手がかりにもならなさそうだ。キャミーはひそかに失望していた。

「海兵隊員かもしれないわよ」

と、ジェミーが言った。

「どうして？」

「伝統的に、ブルドッグは海兵隊《USMC》のマスコットキャラなの。勇猛で、獲物にしつこく食らいつくから。タトゥー以外でも、よく使われてるわ。それと……そのタトゥーが肘の下って言ったわよね？　だとしたら、けっこう古株の隊員かも。たしか……一〇年代の半ばに規定が厳しくなって、Tシャツで見える肘から下はタトゥーが禁止になったから。それより前には、海兵隊に所属していたってことになるかも」

参考になる意見だ。しかし——

「なんでそんなこと知ってんのよ？　あんた、実は軍事オタク？」

するとジェミーは肩を落とした。

「違うわ。あたし、ウィキペディア依存症なの……。いまの話も、仕事の調べもので『M4カービン』のトピックを読んでてリンクをたどっていったら、いつの間にかたどりついていた話で……」

「ああ」

M4カービンは風紀班の仕事でたまに押収する武器だ。おおかた『M4カービン』→『アメリカ軍の武器』→『海兵隊』といった調子でたどりついたのだろう。

「せいぜい二〜三コでしょ？　それくらいなら、いいんじゃない？」

「違うの。いい？　『M4カービン』から『アメリカ陸軍の武器』、『ミサイル』、『慣性航法装置』、『レーザー・ジャイロ』、『サニャック効果』、『アインシュタイン』、『重力』、『天文学』、『太陽系』、『オールト雲』、『小惑星』、『恐竜』、『竜盤類』、『骨盤』、『胎児《たいじ》』、『帝王切開』、『ブルドッグ』、『海兵隊』よ」

すこしの間、キャミーはぽかんとした。

「それは……依存症とは言わないまでも、カウンセラーを探したほうがいいかもね。おっと……？」

足下で身を起こし、『このクソアマ……』とつぶやいたヒモ男の頭を、キャミーは蹴《け》り飛ばして気絶させた。

「ひどいわ、キャミー」

「こんなクズどうだっていいわよ。それより海兵隊員の記録をあたってみる？　まあたぶん、当たりだったらほかの部署がとっくに見つけてるかもしれないけど」

「でもやる価値はあるわ。特にＭＩＡ（戦闘中行方《ゆくえ》不明）のデータベースあたりとか」

●

バイファート鋼を加工できる工作機械の可能性を探っていたトニーとゴドノフは、さっそく手詰まりに陥っていた。

「コンパクトカメラに早変わりする拳銃を作る道具なんて、想像もつかねえよ」

オフィスのＰＣをいじりながら、ゴドノフはぼやいた。

ティラナの話が正しければ、その拳銃の製造工程は地球上の既知の技術とはまったくかけ離れたものだ。それにおそらく、金属加工というよりは紡績技術のほうが近い。

もう深夜だ。残業中の刑事も何人かいるが、オフィスの半分は明かりが消されている。コーヒーも何杯飲んだかわからない。

「やっぱり特注品の工作機械かもしれないわね」

と、トニーが言った。

「だとしたらとんでもない値段になるぞ？　設計だって普通のソフトウェアじゃ無理だろ。ただの偽装銃に、そこまで手間暇をかける理由はなんだ？」

ゴドノフの疑問はもっともだった。警備が厳重な演説会場に武器を持ち込むにしたって、ほかにもやりようがあるはずだ。部品をバラして数日前から会場の各所に隠しておくとか、スタッフのだれかを買収・恐喝するとか。ノーバムは確かに重要人物だったが、合衆国大統領ではないのだ。もっと安上がりな警備の抜け道くらい、見つけられそうなものだった。

「銃はただの実験作ってことかしらね？　本当はもっと有用な製品を作ろうとしていて、そのついでに作ったとか？」

「有用な製品って、なんだよ？」

「想像もつかないわ。でもそんな極端な変形をして、しかも銃として機能するなんて……たとえばもしそのバイファート鋼でクルマの部品とかを作ったら、すごいことになるかもしれないでしょ？」

「シリンダーの直径が変わったり、ギア比が自由に変えられたりするのか？　たしかにすこし性能はよくなるかもしれないが、そこまで便利には思えねえなあ」

「だから想像もつかないって言ったのよ。なんにしても、どこかの犯罪組織が小さなガレージで作れるモノじゃなさそうね」

「じゃあ、大企業ってことか？」

重工業か化学産業、自動車産業か兵器産業――そうした巨大企業がバイファート鋼の応用研究をしている例がないか検索してみた。やはりそんな例は見つからなかった。それにそんな研究は、もしやっていたとしても極秘にするだろう。

「ベンチャー企業って可能性は？」

「それはあるかも。ただ……ホントに有象無象《うぞうむぞう》で数が多いから、探すのが大変だわ。あたしハイテク系のベンチャー・キャピタルで働いてる人、知ってるんだけど……」

ゴドノフの顔が明るくなるのとは逆に、トニーの表情はどんよりと曇っていく。

「本当か？　じゃあ協力してもらえよ」

「あんまり話したくないの。大学時代の元カレなのよ」

「そ、そうかい……。ひどい別れ方でもしたのか？」

「いいえ。でも……あたしが元カレなんかと連絡とったら、ケンが傷つくと思うの」

「ケン？　だれだそいつ」

「いまのパートナーよ。美容師なの」

「ああ？　ダンサーじゃなかったのか？」

「それはマイクよ」

「わけわからん。おまえ、本っ当にコロコロ相手を変えるな。通販で靴とか買っちまうタイプなんじゃないのか？」

「失礼ね！　あたしはいつも真面目《まじめ》に付き合おうとしてるのよ!?　原因はこんな仕事のせい。時間は不規則だし、危険だらけだし――」

「ああ、わかった、わかった。いいからそいつに電話しろよ」

ゴドノフは相棒の抗議をうるさげにさえぎって手を振った。

「いま何時だと思ってるの？　夜中の三時よ？　五年も会ってないのに――」

「そりゃ気の毒にな。さっさとたたき起こせ」

ゴドノフは自分の電話を起動して、トニーに放り投げた。

「これでケンとやらにバレる心配はないだろ？」

4

一晩明けると、街の状況はもっと悪くなっていた。昨夜のうちに市内で起きた暴動は五件。死傷者も一〇人以上出ている。

複数の警官が暴徒の一人を袋叩きにしている動画や、略奪を受けた商店の惨状、火をつけられたパトカーの残骸などがネットに流され、SNS上では数万の罵詈雑言《ばりぞうごん》が飛び交っている。

トゥルテがブログで『彼らの行動は理解できるが、決して許されるものではない』と発言すると、メディアは『トゥルテ候補、暴徒の行動を「理解できる」と発言』という見出しで、順調にヒット数を伸ばしていた。

眠そうなティラナと朝食を食べている間も、歯磨きをしている間も、ネクタイを締めている間も、遠くからパトカーのサイレンが聞こえてくる。一度、発砲の音まで聞こえてきた。駆けつけるかどうか迷ったが、すでに地元署の警官が駆けつけているようだったので、けっきょく放っておいた。

テレビのニュースでは、死亡したノーバム候補の代わりに、その妻ベナルネ・ノーバムが立候補する可能性が報道されていた。

ティラナが眉《まゆ》をひそめた。

「あのベナルネ夫人が？　そんなことが許されるのか？」

「予備候補者として登録されてたんだろ」

サンテレサ市では、市長選に際して予備の候補者を登録しておくことができる。本来の候補者が事故、急病などの『やむなき事情』で立候補を断念しなければならなくなったとき、その予備候補者が代わりを務めることが認められている。

「これまでの選挙戦にしこたまカネを使ってきたからな。ノーバムが死んだだけじゃ、引き下がれないんじゃねえのか？」

昨夜の映像が流れていた。記者たちのマイクの前で、憔悴《しょうすい》しながらも気丈に振る舞うベナルネ・ノーバムの姿。

「悪党の妻とはいえ、さすがに堪《こた》えているようだ」

「どうだかな。ま、同情を集めてるのは間違いないみたいだが」

「トゥルテに勝つかもしれないぞ」

ティラナの声に期待のようなものがにじんでいるのを、マトバは感じた。

「あの嫁さんに勝ってほしいのか？」

「そうは言わないが……。あのトゥルテよりはましだと思う」

「ふーむ。おまえも民主主義ってやつがわかってきたのかね」

「？」

「『どっちがマシか』を決めるのが選挙だ。『どっちがいいか』じゃない。……さあ、仕事、仕事」

テレビを消し、飼い猫のクロイをひとなでると、マトバはリビングを出ていった。

マトバたちの住むニューコンプトンで暴動は起きていないようだったが、となりのノース・ザルゼ地区ではひと騒ぎあったようだ。コルベットで移動中、半焼した商店を何軒か見かけた。いつもは朝の客でにぎわっているコーヒー屋も、けさはシャッターを降ろしたままだ。

イオニア通りを走っていると、トニーから電話があった。あのバイファート鋼の銃に関する捜査で進展があったという。キャミーたちも『ジョン・ドゥ』の身元でなにかつかんだらしい。

『あとで話すわ。一〇時に会議室』

「わかった」

電話を切って、黒こげのバイクが転がっている交差点を曲がろうとしたら、また電話が振動した。トニーがなにか言い忘れたのだろう。着信の相手を確認せずに応答したら、別の男だった。

ケビン・ランドルだ。きのう、ノーバムの演説会場でばったり再会したジャーナリスト。

『マトバ刑事？　いまいいかな？　メールは読んでくれたかね？』

「メール？　あー……」

マトバは言いよどんだ。昨夜からメールをチェックしていない。職場の連中との連絡はいつも通話で済ませているし、眠くて放置していたからだ。

「すまん。まだだ」

『じゃあ急いでくれ。すぐにだ』

「なあランドル。いま運転中なんだ。ほかの仕事もいろいろあるし……」

『そんな仕事、クソ食らえだ！』

電話の向こうでランドルは叫んだ。

『いや、申し訳ない。僕も今朝からナーバスになっていて……。どうも誰かに監視されている気がするんだよ』

「監視だって？」

『それに自宅のＰＣもおかしい。セキュリティ・ソフトが何度も警告を出してくるんだ。普段は月に一度くらいしかなかったのに』

「切らずに待ってろ」

コルベットを路肩に停めて、メールをチェックする。なじみの模型店からの『今月の新商品のお知らせ』と、なんかよくわからんスパムと、モテない元同僚からの結婚報告の三通だけだった。

「結婚。あのレイが」

「なに？」

助手席のティラナが怪訝顔《けげんがお》をする。

「いや、なんでもない」

小さな驚きと祝福の気持ちを頭の隅に追いやって、マトバは通話に戻った。

「ランドル？　メールなんて来てないぞ」

『なんだって？　そんなはずは……。昨夜の二四時くらいだ。よ……よ、よく確かめてくれ』

電話越しのランドルの声は不安を通り越して、もはや恐怖に震《ふる》えていた。

「いや、間違いない。来てない。なにがあったんだ？」

「それは……。あー、たぶん、ヤバいネタなんだ。電話では言えない。い、いますぐ会えないか？　頼むよ」

「わかった」

マトバは即答した。この様子はただごとではない。

「あんたの取材で、リックと一緒に会った場所を覚えてるか？　あそこで会おう」

「ああ、ああ。覚えている」

それはマトバとランドルにしかわからない符号だ。以前、マトバと当時の相棒リックが、彼と待ち合わせたのが中央街《セントラル》のはずれにあるホワイト・リバー公園だった。

「スマホは切ってこいよ、ランドル。念のためだ」

「わ、わかってる。それじゃ」

通話を終え、自分の電話の電源を切ると、マトバは助手席のティラナに言った。

「おまえもだ。スマホの電源を切れ」

「なぜだ？」

「だから念のためだよ。ランドルの自宅PCにまで攻撃をかけてくる連中がいたとしたら、こっちのスマホの位置情報だってヤバいかもしれない」

とはいえ市内に数千もある監視カメラから見れば、二人が乗っている骨董品《こっとうひん》もののコルベットはさぞや判別しやすい自動車に見えることだろう。すこし遠くで駐車して、待ち合わせ場所には歩いていく必要があるかもしれない。

「よくわからぬ」

不快そうにティラナはぼやいた。

「わたしはその……位置情報？　そうしたからくりが理解できない。このつまらぬスマートフォンとやらを『切る』と、なぜ安心なのだ？」

「いい質問だ。俺もこんな板きれ、まっぷたつに切って捨てたほうが、世のため人のためだと思ってるんだがな。あいにくそうもいかないんだ」

自分のスマホの電源ボタンを長押ししながら、マトバは言った。

「やっぱりわからぬ」

慣れない手つきで自分のスマホをシャット・ダウンしながら、彼女はぼやいた。

「通話や手紙《メール》で十分なのに。なぜそれ以上のくだらぬ力を与えるのか？」

「ああ。おまえには『おじいちゃんケータイ』が合ってるんだよな。いわば猫に小判って奴だ」

とはいえティラナが年相応に流行《はや》りのＳＮＳを使いこなし、どうでもいい昼飯の写真や、ブティックの試着画像をアップしているのも気持ち悪いだろうが。

「うるさい。それより、会議のほうはどうするのだ？」

「あとだ。ランドルのあの様子は、ヤバい感じがする。トニーに電話してくれ」

「わたしが、か？」

「電話なら使えるんだろ？」

マトバはコルベットのスロットル・ペダルを踏み込んだ。

●

トニー・マクビーがジマー主任のオフィスに入ると、彼は卓上の有線電話でどこかのお偉いさんと罵《のの》り合っていた。

「……やかましい！　こっちはこっちでやれることをやっとるんだ！　いちいちくちばしを突っ込まんでくれ！　……ああ？　どうせわしの話なんぞ、まともに聞く気もないんだろうが！

「……ほう？　じゃあ言ってやる。絶対に笑うぞ。だから賭《かけ》をしよう。あんたが笑ったら、この件はうちに任《バイス》せろ。……いいか？　あれは魔法だ。魔法の銃だ。……聞こえなかったか？　くそったれの、宇宙人の魔法だ！　……ほら笑った！　わしの勝ちだ！　ごきげんよう！」

受話器をたたきつけてから、ジマーはトニーをにらみつけた。

「なんだ、マクビー？」

「会議の件だけど、ケイとティラナは遅れるそうです。急ぎのタレコミがあるみたいで」

「なんだと？　まったく！　エクセディリカがいないんじゃ、話が進まんだろうが」

いまいましげに舌打ちして、ジマーは安物の執務椅子《いす》に座り込む。

「ちなみにいまの電話は？」

「対テロ捜査班《CTIS》の主任だ。例の銃をマトバたちがいじり回した痕跡があるだのなんだのと、ケチをつけてきおった」

「ああ、なるほど」

市警はあの暗殺犯の遺体の引き渡しについて、旧市街の自警団とはいまだに揉《も》めているらしい。犯人の検死もいつできるかわからない状態なので、いまノーバム射殺事件についてもっとも新鮮《ホット》な情報を握っているのは、実際に暗殺犯を追跡し、しかもセマーニ人の捜査官が所属しているうち《バイス》ということになる。ジマーはその矢面に立っている真っ最中というわけだ。

（大変そうねえ……）

警官としての自分の将来を想像し、トニーはいろいろ考えてしまった。

彼の階級は巡査部長だが、その気になればすぐに警部補に昇進できるくらいの立場にいる。もし昇進試験を受けたら、一夜漬けでパスできるだろう。

ケイ・マトバも同じような立場だ。彼もその気になればすぐ警部補に昇進できる実力なのに、管理職の仕事が増えるのを嫌って昇進試験から逃げ回っている。

どちらも現場が好きなのだ。

だからお互い、『おまえがやれよ』『あんたがやりなさいよ』みたいなムードが密《ひそ》かにあって――同僚たちの飲み会の席で、空気が読めないゴドノフからのんきな出世の話題が出たりすると、トニーとケイの間には微妙な沈黙が流れるのだった。

トニーとしては、こうしてジマーの苦労を間近で見ていると、彼のようにほかの部署や上司たちと真っ向から戦えるかどうか、自信が持てない。

自分が優しい性格なのはよくわかっている。本質的にはマッチョな警察社会の中で、ゲイの自分がここまで来られただけでも不思議なくらいだ。ヒラのパトロール巡査のころはかなり苦労した。どれだけ綺麗《きれい》な建前が幅を利かせていても、差別は確かにあるのだ。だからジマーの後継者――こういう組織の管理職は、いわゆる『サムラーイ』のイメージを体現したようなケイ・マトバのほうが向いていると思う。きっと本人は否定するだろうが、前任のロス警部も本質的には同じタイプだった――。

ジマーが眉《まゆ》をひそめた。

「なんだ？」

「いえいえ」

「とにかく会議はエクセディリカ待ちだ。延期にする。それより、おまえが見つけてきたあの会社……あー、なんだったか？」

「モイライ・マテリアルズです」

「そう、それ。変な名前だな」

この社名はセマーニ世界の言語とは関係ない。ギリシャ神話に出てくる運命の機織《はたお》りの三女神《めがみ》からだ。なんとなくオタクっぽいネーミングセンスだとは、トニーも思う。

「おもに素材系で業績をあげてるベンチャー企業なんですけど。あのバイファート鋼の加工もできるレベルかもしれないの」

ジマーはきょとんとした。

「魔法が使えるのか？」

「そうじゃなくて。非常に微細な金属繊維《せんい》・炭素繊維の紡績技術を持っていて、その『織物』の３Ｄデザインについても最先端の設計技術があります」

まだコスト面で難点は多いものの、この会社の技術ならきわめて高機能な複合材料を作ることができる。通常のアルミ合金の数倍の剛性を持つ車のシャシーや、速度に合わせて最善の形状に変化する飛行機の主翼など。ほかにも様々な応用方法が――

「さっぱりわからん」

トニーの説明をジマーが遮《さえぎ》った。

「その会社があの銃を作ったのか、作らなかったのか？」

「それはまだわかりません」

「仮に作ったとして、立証できるのか？　法廷に引きずり出し、判事や陪審員の前でコテンパンにノックアウトできるのか？」

「それもわからないわ。いまのところ、あの銃が作れる組織があるとしたら、その会社だけだということとしか――」

「失礼！」

そのおり、キャミーがオフィスに入ってきた。疲れた様子だ。昨晩からずっと働きづめらしい。

「あの暗殺者の身元がわかりました。たぶん……いや、ほぼ確実！　……あ？　もしかして取り込み中？」

「いや、同じ件だ。それより身元がわかっただと？」

ジマーもトニーも驚いた。顔写真だけでは、市警どころかＦＢＩのデータベースにも該当する人物が見つからなかったのだ。おそらく整形手術を受けていたのだろうと考えられていた。

「こいつよ。イーサン・ドール」

　キャミーはタブレットPCに経歴書を表示させて差し出した。トニーも横からのぞき込む。

「イーサン・ドール。軍曹。第三海兵師団。強襲偵察隊《フォース・リーコン》。第二次ファルバーニ紛争に従軍。ミラージュ作戦中に……MIA（戦闘中行方《ゆくえ》不明）か」

「実質、戦死扱いよ。そのせいで市警のデータに該当しなかったの。腕にタトゥーがあったから、たぶん入隊は一〇年以上前だと仮定して、あちこちに照会しました。死者も除外しないで。でも夜中だったたし、海兵隊もぜんぜん協力してくれなくて……」

「元海兵なら、なぜわしに聞かなかった？」

「え？」

　怪訝顔《けげんがお》のキャミーにトニーが説明した。

「知らなかったの？　主任も同じ、元海兵隊員よ」

「コネならなんぼでもある。わしの同期の奴なんか、ノーフォークの司令部で人事局に勤務しとるぞ」

「なにそれ！　なんで隠してたんですか!?」

「いや、別に隠してなど――」

「ひどいですよ！　知ってたら夜中の三時でも、主任をたたき起こしていろいろ聞いたのに！　あたしとジェミー、ほとんど寝てないのよ！　お肌の健康も仕事に大事なんですよ！　わかってるんですか!?」

「あ、うん。ご愁傷様《しゅうしょうさま》……だったな」

血走った目で抗議する彼女の剣幕にジマーは気圧《けお》された。

「っていうかうち、元軍人多すぎ」

マトバは元日本軍、ゴドノフは元ロシア軍。ほかにも元メキシコ軍が一人いる。二〇人に満たない小さな部署なのに。

「これくらい普通だろうが……。一二分署のSWATなんて八割が元軍人だぞ」

「そんなことより、このドールって男よ。戦争中、セマーニ世界で行方《ゆくえ》不明になったのが六年前。で、いきなり暗殺者になって現れた。しかも魔術やら剣術やらを身につけて」

「ますますわからなくなってきたぞ。……エステファン。ほかにこの男のことを知っているのは?」

「まだジェミーだけです」

「あの会社についてはどうだ、マクビー?」

「あたしとアレックスだけです」

「わしがいいと言うまで、ほかには漏《も》らすな。マトバとエクセディリカが戻ってから進めよう」

午前のホワイト・リバー公園は閑散としていた。

一五年前は旧市街のそばを流れている川だったのだが、いまでは地下化されて暗渠《あんきょ》になっている。幅はわずか二〇メートル。全長は三キロくらいの細長い公園で、市民からは定番のジョギングコースとして知られている。

人工的に造成された、起伏豊かな遊歩道。その左右に丈高い落葉樹と草花が生い茂り、街のビル群を覆い隠して、都会の喧噪《けんそう》をほんのひととき忘れさせてくれる。

そんな遊歩道の傍《かたわ》ら——樫《かし》の木のベンチに、男が座っているのが見えた。ランドルだ。しきりに腕時計を見て、周囲をせわしなく見回している。

「マトバ刑事」

こちらが声をかけるより先に、ランドルが駆け寄ってきた。まるで一〇年恋こがれた女と再会したみたいな勢いだった。

「ランドル。キスは勘弁だぞ」

「冗談言ってる余裕なんてないよ……！　いや、でもよく来てくれた」

「落ち着け。まず座れよ。……ティラナ、後ろを見ててくれ」

「わかった」

マトバはランドルと並んでベンチに座った。その背後にティラナが立ち、油断なく周囲を警戒する。番犬ぷりが板についてきたじゃないか——などと言うほど、マトバも馬鹿ではなかった。そんなことを言ったら、きっとこいつはカンカンになって騒ぎ出すだろう。

「それで?」

「あんたに送ったメールなんだが。あれは……ちょっとしたスキャンダルの話だったんだ」

「スキャンダル? 誰のだ?」

「ノーバムの嫁さんだ」

「ベナルネ・ノーバムか」

きのう、ほんの短い挨拶《あいさつ》をしたあの女。美しい女だった。地球年齢で四〇前後のはずだが、見た目はもっと若かった。まるで地球人のセレブみたいな、洗練されたあの物腰。いかにもリベラルで、親切で、会う者を魅了せずにはいられない美女だった。

殺されたノーバムの予備候補として出馬した彼女には、早くも支持が集まっている。同情と欲情をごたまぜにした支持が。

「そう。あの色っぽい奥さんさ。彼女が男と会ってたんだ」

「ベナルネが、男と? どうせ選対スタッフの誰かだろ?」

「違う。誰も知らない男さ。高級ホテルの個室で、秘密の逢瀬《おうせ》。その写真を撮っちまったんだ」

ランドルがプリント写真を差し出した。

ホテルの裏側のビルから撮ったのだろう。深夜。数多《あまた》ある窓のひとつ。バスローブを着たべナルネ夫人と、上半身裸の筋骨たくましい男。抱き合ってるわけではないし、画質は不鮮明だが――

「なるほど。旦那《だんな》の選挙対策の打ち合わせには見えないな」

「マトバ刑事。冗談を言ってる余裕はないと――」

「これがベナルネの不倫だったとして、なぜ俺に関係が？」

「あんたは旦那のノーバムと敵対していた。なにか知ってるんじゃないかと思ったのさ。ひょっとしたら、この彼氏はあんたの同僚の囮《おとり》捜査官かもしれない。迷惑をかけるのもイヤだから、念のために『こいつ、知ってるか？』と確認しようとしたんだ」

「ありがたいね。こんな奴は知らないよ。いや……？」

ベナルネ夫人との逢瀬。そのホテルの一室に立つ男の顔では、断言はできなかった。だが左腕はよく写っている。ぼんやりしているものの、その左腕にはなにかの入れ墨が入っていた。

入れ墨。

この解像度ではなんともいえない。

だが、その入れ墨が帽子をかぶったブルドッグの絵だといわれたら、マトバも強く反論はできない。

「ケイ？」

ここに来る前、キャミーたちから聞いた話を思い出したのだろう。後ろから写真を見ていたティラナがつぶやいた。

「いや、まだわからん」

とはいえ……こいつが、ジョン・ドゥ？

「なんてこった。なんてこった。……やっぱりそうなんだな？　この不倫男。事件の関係者なんだろう？」

ランドルがうめくように言った。

「あー……」

マトバはすこしの間、迷った。だがランドルの協力的な態度を引き出すためには、隠し事は避けるべきだと結論した。

「たぶん、そうだ。ノーバムを殺した張本人だよ」

「くそっ！」

ランドルは悪態《あくたい》をついた。

「なんてこった。僕は殺されるぞ。暗殺犯とその標的の嫁さんが、密会してる証拠《しょうこ》写真を握ってるんだ。どんな悪党どもか知らないけど、こんなハゲ頭のさえないジャーナリストを生かしておく理由なんて、これっぽっちもない！」

「あわてるなよ、ランドル」

「僕がグラミー賞総ナメのアーティストなら、まだ救いはあるのに！」

「ランドル、聞けって」

取り乱した男の肩を抱き寄せ、マトバは言った。

「画像データは持ってるんだろ？」

「消した。クラウド上のデータもだ。念のためにプリントアウトしておいた、この写真一枚だけが残ってる」

「よこせよ」

マトバはランドルから問題の写真をひったくると、自分のスマホを起動した。位置情報を秘匿するために、ここに来るまでわざわざ電源を切っていたのだが、さすがに馬鹿馬鹿しく思えてきたのだ。ぱしゃりと撮影。アプリの補正機能がゆがみや四隅《よすみ》を修正して、スキャナーで取り込んだみたいに完璧《かんぺき》な複製が完成した。

「これで二枚になった。そこらのSNSにアップすれば数万枚だ。もうビビることはないだろ」

「あんた宛のメールも消去した奴らだぞ!?　きっと巨大組織だ！　どうせ消される！　かなうわけがない！」

「陰謀論者に鞍替えか？　まともなジャーナリストだと思ってたのに」

おおかた不在中のPCにでも細工されたのだろう。キー・ロガーを仕掛けてパスを盗めば、アカウントの監視なんて小学生の初心者ハッカーでもできる。

「きっと偽造写真の扱いになるに決まってる！　ついでに僕の違法ポルノ・サイトへのアクセ

ス履歴が開陳《かいちん》されて、ガールフレンドがカンカンになって、世間から笑われ、忘れ去られたころに、僕はカシュダル湾で溺死体《できしたい》になって発見されるんだ。間違いない！」

「ランドル、冷静になれよ」

「僕は冷静だ」

「風紀班《バイス》の刑事《デカ》の前で、違法ポルノの話をする奴が冷静なのか？　順を追って話してくれよ。まず撮影の日時と場所。それからベナルネをパパラッチしようとした経緯について――」

「ケイ」

ティラナが言った。鋭い声で。

「なんだ？　あー……」

マトバも気づいた。囲まれている。かなりの数だ。

「動くな！」

直後、公園を取り囲む茂みから、そろいのダークブルーのジャンパーを着た男たちが銃を構えて飛び出してきた。

背中に大きく『ＦＢＩ』の三文字。

総勢でおよそ一〇名。

「ＦＢＩだ！　手をあげろ！」

「撃たないで！　撃たないで！」

ランドルがおびえて叫び、飛びすさった。

グロックやらSIGやら――高価な拳銃を構えた男たちの前で、マトバはしぶしぶ両手を挙げた。

「わかった、わかった！　降参だよ！」

大声で叫んでから、ティラナを見る。すでに白銀の鎧姿《よろいすがた》だ。彼女は腰を落とし、いまにも長剣を抜こうしているところだった。

「おい、ティラナ！　やめろ！」

「だがケイ、この中に死人《しびと》がいる」

「なんだって？」

「誰かはわからない。ラーテナの乱れがあって……」

「いや……とにかくいまはダメだ！　剣を捨てろ」

五人のFBIがティラナに銃口を向けている。抵抗すれば無傷では済まないだろうし、FBIの手首を切り飛ばしたら厄介なことになる。

「……ケーニシェバ」

舌打ちしてから、ティラナは長剣をそっと地面に置き、両手を挙げた。

真っ先に手を挙げていたランドルが、まず後ろ手に手錠をかけられる。マトバとティラナも同様の扱いを受けた。

指揮官とおぼしき男がマトバの胸ポケットを探る。バッジとＩＤに目を通してから、注意深くマトバの顔を観察した。

「ケイ・マトバ巡査部長。刑事か」

「そういうあんたは？」

見覚えのない男だった。東洋系で、背丈はマトバと同じくらいか。

「ＦＢＩのロナルド・チャン特別捜査官だ。同行してもらおうか」

「まず手錠を外せよ。あんたの部下の中に、時限爆弾がいるぞ」

「時限爆弾？」

「ヤク中だよ」

その言葉を無視して、チャンは部下たちに命じた。

「連行しろ」

まずランドルが連れて行かれ、マトバとティラナもひったてられる。手錠を外すなどもってのほかのようだ。

「おい、捜査妨害だぞ？　いくらなんでも――」

そこでマトバは自分の大きな間違いに気づいた。

（まさか……）

ＦＢＩ？　本当にＦＢＩなのか？

彼らの着ている青色のジャンパー。黄色い『ＦＢＩ』の三文字が入っているだけで、どこでも買えるような代物だ。

そしてマトバを無理矢理に連行する『捜査官』たちの馬鹿力。まるでレスラーが数人がかりで腕を締め上げているみたいな痛さだった。異常な筋力だ。

男たちは無表情だった。任務に集中しているからではない。視線が茫洋《ぼうよう》としているのだ。知性というものがまるで感じられない。あのエリートだらけのＦＢＩ捜査官様が。

生気を欠いた、死者のような顔。

これではまるで――

「ケイ。誰が死人《しびと》かわかったぞ」

マトバと同様に力づくで連行されていたティラナが言った。

「おい、まさか……」

「ほとんど、全員だ。あのチャンとかいう男以外、すべてだ！」

「なんてこった」

二人はろくな抵抗もできないまま、公園沿いの道路に待っていた黒いワンボックスに押し込まれた。

向かい合った三列目の席に、別の男が待っていた。

老人だ。

赤いコートに赤い帽子。しわだらけの顔にサングラス。

「ゼラーダ……！」

ティラナが殺気もあらわにその名をつぶやいた。

「これはこれは。エクセディリカ様。無沙汰をつかまつりまして……」

術師《ミルディーテ》ゼラーダが笑った。

「マトバ様もご健勝のようで」

ゼラーダの喉に食いつかんばかりのティラナを、傀儡《くぐつ》となったニセ捜査官の男が引き戻す。

「おお、恐ろしい、恐ろしい。これでは運転に集中できそうもありませぬ。事故があっては一大事！　さすれば失礼……」

ゼラーダの前で空気がゆらめいた。紫の炎。禍々《まがまが》しいなにかが生成され、ティラナの胸にたたきつけられた。

「かはっ……！」

彼女は空気を求めるようにあえぎ、身をよじった。

「ティラナ……！」

あの術は知っている。以前、ゼラーダとの戦いのときにマトバが食らった『窒息《ちっそく》の魔法』だ。

「おい！　やめろ、貴様！」

彼はゼラーダめがけてじたばたと足を蹴《け》り出すが、男たちの怪力に押さえつけられて届かない。そうこうしているうちにティラナは意識を失い、座席の上でぐったりと動かなくなった。

「くそったれ、ゼラーダ！　殺してやる！　殺してやるぞ！」

「おやおや。マトバ様も恐ろしい。交通安全のために、一眠りしていただきましょう」

同じ魔法が襲いかかった。

胸が焼けるような感覚。ひたすら熱い。息ができない。

苦し紛《まぎ》れに窓ガラスを蹴り割ろうとした。もしかしたら、通りすがりのパトカーが興味を引いてくれるかもしれない。だがそれも傀儡の男たちに押さえつけられ、失敗に終わってしまった。

視界が真っ暗になる。

車が走り出す音と振動。

意識が遠のく。もうなにも聞こえない。

手首に食い込む手錠の痛さだけが残り、やがてそれも消えていき――

●

新興企業『モイライ・マテリアルズ』の社屋は、サンテレサ市の東、マーファルネ郡の丘陵地帯にあった。

社屋といっても、外から見た限りでは自動車の修理工場にしか見えない。安っぽいフェンスで囲まれた敷地と、赤錆《あかさび》の浮かんだたくさんのコンテナ。

安っぽい作りの平屋のビルディングの前には、おそらく社員が通勤に使っているはずの自転車やスクーターが無造作に停められている。車も何台か駐車してあるが、高級車など皆無だ。

助手席のトニーから見えた限りでは、いちばん高価そうなクルマはポルシェだった。とはいえ、それも一〇年以上前のモデルだ。中古車市場ならせいぜい一万ドルくらいだろう。

シトロエンを適当な場所に止めて、トニーとゴドノフは車から降りた。

マトバたちとは午前から連絡が取れていない。電話すら切っているようだ。すこし心配だが、急な別件で情報屋や密売人と会っているときは、こうなる場合もある。

昼過ぎにはジマーがしびれを切らし、トニーたちにこの会社を探るように命じてきた。

「なあ。きょうは『変身』しないのか?」

モイライ・マテリアルズの玄関へと向かう途中、ゴドノフがたずねてきた。

『変身』というのは、トニーの囮《おとり》捜査の演技のことだ。マッチョで粗野な麻薬の仲買人、トニー・マクロードという架空人物を、トニーは心の底から嫌悪している。

「ふざけてるの？　金のネックレスにワニ皮のブーツで、睾丸《こうがん》をぐいっと持ち上げて盛大に痰《たん》を吐くような男が、こんな会社になんの用だってのよ？　きょうのあたしたちは、友人の紹介で会社を見に来たベンチャー・キャピタルの役員なんだから」

「テキサスあたりの大金持ちって線ならアリなんじゃないか？」

「しつこいわね。とにかく普通のビジネス・パーソンでいくわよ」

「めんどくせえなあ……」

ゴドノフは弛《ゆる》めていたネクタイを締め直しながら、ため息をついた。

「笑顔。笑顔。あんた、黙ってるとハンパなく威圧感あるんだから。笑顔でいなさい」

ゴドノフは仕方なく微笑を浮かべた。

「もっとよ、笑顔！」

言われたとおり、にんまりする。

「よし。見事なアホ面よ。ずっとそのままでいなさい」

「つらい……」

「だったら息子ちゃんから『パパ大好き』と言われてる場面を想像しなさい」

「つらくない……」

「オーケー。行くわよ」

玄関とおぼしきドアを開けて入っていき、受付を兼ねた警備員に来訪を告げると、若い男が二人を出迎えた。分厚いメガネにぼさぼさの髪。ビーチサンダルに短パン姿の男だ。左手にはマーベルのマンガ本を持っている。

「キャメロット・キャピタルの方？」

「はい。私はトニー・マクロード。こちらはアレックス・イワノフ。ええと……最高経営責任者《CEO》のファーガソン氏に面会できるはずなんですが……?」

「ああ。僕が社長《CEO》のファーガソンです。よろしく」

トニーたちと無造作に握手すると、ファーガソンはビーチサンダルをぺたぺたと鳴らし、奥へと歩いていった。

「こんな格好ですいませんね。ネクタイなんて、大学の卒業式以来つけたことがなくて。おっと、大学名は聞かないで。スタンフォードとかMITとか、そういう立派なところじゃないから。カンザスの田舎《いなか》の、名もないイモ大学ですよ」

その建屋の中は、安っぽいパーティションで区切られていた。全部でせいぜい八部屋くらいだろうか。ほかの社員たちの出で立ちも、社長のファーガソンと似たり寄ったりだ。彼らの半分はPCや工作機械を操作して仕事をしているようだったが、残りの半分はビデオゲームとカードゲーム、そしてダーツにうち興じていた。

「それで?　マクロードさん、イワノフさん。うちに投資を検討してくださるとか。なにか知りたいことは?」

よくある訪問なのだろう。ファーガソンは大して期待もしていない声で言った。マンガ専門店に来た門外漢の客に、『どういうジャンルが読みたいの?』とでも聞いているような調子だった。

「いろいろです。金属繊維《せんい》の紡績と3D設計のことについて……」

「うちのサイトは？」

「読みました。すばらしい技術だと思います」

「そりゃどうも。だけどいろんな大企業も似たような研究はしてましてね。サイトには戦闘機の部品も作れるとか書いちゃってますけど、まあ無理ですね。そんなカネも設備もないし。うちの強みは小回りがきくのと、バカ安のイージー・オーダーってところかな。あんまりデカいものは無理です。ただまあ、コンパクトなものならなんでも作ってみせますよってところで」

　それからファーガソンは各部屋を回って、ざっくりと自社の技術を説明した。3Dプリンタとデジタル織機《しょっき》を組み合わせた自家製の工作機まで、平然と見せてくれた。

「すばらしい」

「そりゃどうも。いまは別の社屋でもっと大きい工作機を製作中でしてね。でも発注してた部品と基盤が届かないんだ。ほら、きのうから市内で暴動があって……」

「ああ」

　このマーファルネ郡は平静を保っているが、サンテレサ市の暴動はますますひどくなっている。セマーニ人のデモ行進と排他派地球人の暴徒がぶつかり合い、それを警察が阻止しようとして催涙弾を乱れ撃ち――とにかく大混乱だ。中央街の交差点は、スペインの牛追い祭りみたいな様相を呈《てい》している。

「宅配業者の流通センターが略奪されたとかなんだとか。まったく……迷惑な話ですよ。どんな人種にだってバカは必ずいるのに。まあ、バカ対一般人の暴動だったら、喜んで参加するけどね。もちろんバカ側の方で。いや、これは冗談」

「政治的な見解はさておき」

トニーは咳《せき》払いした。

「繊維《せんい》状の形状記憶合金を使って、その形状変化もデザインできるそうですね？　どの程度の自由度があるんですか？」

「設計上では、なんでも。ソフトがほとんど自動でやってくれますよ。ただし現実では、いま扱える形状記憶合金では、大したものは作れませんね」

「なぜ？」

「なぜって、いまの素材の弾性変形はせいぜい一〇パーセントくらいですから。それにマルテンサイト変態には熱伝導の観点から限界があるんです。磁性形状記憶合金なら、より計画的にメタ磁性形状記憶効果を利用できるんですけどね。双晶《そうしょう》磁歪《じわい》と異なり印加《いんか》磁場《じば》に比例する大きな出力応答が――」

説明を聞いているうちに、ゴドノフの笑顔がひきつってきた。こそこそとトニーに近づき、耳打ちしてくる。

（頭が痛くなってきた。もう『パパ大好き』でも効果がない）

（我慢しなさい）

とはいえファーガソンの説明は、彼にも理解が及ばない世界になってきた。なにしろ自分はトニー・マクビーなのだ。トニー・スタークではない（注：『アイアンマン』のヒーロー。天才科学者として知られる）。

もういい、ずばり聞いてしまおう。疑われるのもやむなしだ。

彼は決心し、切り出した。

「ファーガソンさん。たとえば、ですが」

「なんです？」

「この機械と設計ソフトで武器を作ることはできますか？」

「はあ？　武器？　どうして？」

心底不思議そうにファーガソンは言った。

「たとえばです。可能性として」

「そう言われてもなあ……武器って、銃とかですか？」

「ええ。たとえば、銃」

「銃のことなんて知らないけど、この工作機の精度なら、たぶんできるでしょうね。でも意味がない」

「なぜです？」

「普通のスチール合金を切削《せっさく》して作った方がずっと安いからです。うちの金属繊維《せんい》で必要な硬度、強度、靭性《じんせい》を与えることはできるかもしれませんが、なんのメリットもないですね。あー……でも機関銃とか、連射の熱で故障が起きそうなモノなら少しは役に立つのかなあ？　うーん……」

そこでようやく、ファーガソンはトニーたちに疑いの目を向けた。

「あんたたち、本当に投資機関の人？」

「ええ、まあ」

「本当はDARPA（国防高等研究計画局）だとか？　それともどこかの兵器産業？　もしくはスパイ機関？」

「どれも違います。あー……」

「なんだか変ですよね？　だって武器なんて儲《もう》からないでしょう。レース用のエンジンパーツとかなら、わかりますけど。それにうちが提案してる製品──たとえば『eドライバー』の方がよほど有望ですよ？」

「eドライバー？」

「電池内蔵で形状を変えて、どんなネジ穴にもぴったりはまるドライバーですよ。日曜大工はこれ一本でOK。値段はたった四九ドル。欲しくなるでしょ？」

「なにそれ、欲しい……！」

ゴドノフが我慢できずにつぶやいた。

「知らなかったんですか？　ますます怪しいなあ。ちょっとおたくのオフィスに問い合わせてもいいですかね？」

「あー、その……」

それは困る。偽りで名乗ったベンチャー・キャピタルは、深夜に情報を提供してくれた元カレの勤務先なのだ。これ以上迷惑をかけるわけにはいかない。

トニーは迷った。ゴドノフを見ると、彼は笑顔のまま、首を小さく傾けるだけの動作で『白状しちまおう』と伝えてきた。

彼はため息をつき、バッジを取り出し、名刺のように差し出した。

「ごめんなさい。本当は警察なの」

「警察！」

「市警本部の特別風紀班。いま、ある銃の出所を探しているところで……」

「なるほど！　それでうちを疑ってるわけですか!?　ひどいな！」

ぱちんと手をたたき、天井を仰《あお》ぎ見て、ファーガソンは嘆息《たんそく》した。

「あくまでたくさんの候補の一つとしてよ。念のための調査くらいの話で……」

「けっこう！　じゃあ調べてやろうじゃないですか。うちのサーバーには、創業以来の製造品の設計データがみんな入ってますから。銃の部品なんて一つもありませんよ！　来てください！」

ファーガソンは憤懣《ふんまん》やる方ない様子で、そばのデスクトップPCに駆け寄ると、すぐに自社のデータベースを開いた。

「本当は企業秘密なんですけどね。もう知ったことかってな調子ですよ。武器の部品なんか、どこにもない。ほら、ほら、ほら、ほら！」

自信満々に、数々の部品の３Ｄデータを開陳《かいちん》していく。

さっき言っていたエンジンの部品や家電製品の部品、家具類、自転車、ベビーカー、文房具、シリンダー錠、魔法瓶、アダルトグッズ、あれやこれや。

トニーとしては、そんなものを見せられても何の証明にもならないのだが、相手の気持ちが鎮まるまでは付き合うつもりだった。

「まあ一万点以上ありますから、時間はかかるでしょうけどね！　納得いくまで調べてくださいよ！　ただしコピーはだめですよ。正式の令状でもないと…………あれ？」

ファイルのリストをスクロールさせていたファーガソンの声が、急にトーンダウンした。

「どうしたの？」

「いや、設計データのナンバリングに欠番が……。おかしいな……」

彼はマウスを操作し、ディスプレイ上にいくつもの窓を開いて、ソートをやり直したり日付をチェックしたりした。

「失敗作やバージョン違いでもデータは全部保存してるんで、欠番はないはずなんですよ……。あっれ〜？　誰だ、削除なんかしたの？」

「どれくらい削除されてるの？」

「えーと……五五点ですね」

不安そうにファーガソンは答えた。

「五五点？　ガバメント・モデルの部品点数がそれくらいだぞ。弾薬も含めれば、だが」

ガンマニアのゴドノフが言った。

「削除した人物はわかる？」

「それは……外部からのアクセスはできないから、うちの社員だと思いますけど。ログも残ってない。でも削除されたのが深夜なんで、勤務記録を見ればわかるかも。あのう……こういう武器の製作って、犯罪なんですかね？」

「場合によっては。その社員に聞く必要があるわ」

ファーガソンはぼさぼさの頭を掻《か》きながら、画面を操作した。

「まいったなあ。っていうかあなた、なんでさっきからオネエ言葉なんです？」

「いいから、早く調べてちょうだい」

「すぐわかりますよ。この晩いたのは……ユージン？　まさか！　ユージンが？」

トニーは勤務記録を横からのぞき込んだ。ユージン・ボーライという氏名だけしかなかった。

「社員なの？」

「ええ。セマーニ人の移民ですよ。セマーニ人というか……なんての？　ドワーフみたいな種族の」

トニーとゴドノフは顔を見合わせた。ティラナが言っていたラージ族のことを思い出したのだ。

「ひょっとして、背が低い？」

「ええ。顔は大人だけど、背は子供くらいで、ずんぐりしてます。えらくのみ込みの早い奴でね。雑用係として雇ったんですけど、最近は設計の手伝いも頼んでます」

「そのユージン？　いまいるの？」

「まだ出勤してませんね。そろそろ来てるころじゃ……」

そのとき、彼らのいる部屋の出入り口で人の気配がした。

振り返ると、まさしくそのユージン・ボーライが立ち聞きをしていた。

四フィートにも満たないくらいの背丈なのに、体つきはがっしりしている。服装はほかの社員たちと大して変わらないが、まさしくその背格好はファンタジー作品のドワーフさながらだった。

ただし髭《ひげ》は生やしていなくて、髪はラスタ風のドレッドだったが。

「ユージン？　どういうことなんだ!?」

　ファーガソンの叱責《しっせき》にぎくりと肩を震《ふる》わせてから、ユージン・ボーライは一目散に逃げ出した。

「アレックス。捕まえて」

「あいよ」

　なにしろ巨漢と子供の身長差だ。ゴドノフが追いつくのは簡単だった。

5

彼は朦朧《もうろう》としたまま、車から引きずり出され、どこかへと運ばれた。

爪先《つまさき》に断続的な衝撃。自分が両脇を抱《かか》えられて、階段を降りていることだけは認識できる。耳障りな金属の悲鳴。鉄扉《てっぴ》が開き、閉じる。視界の中で、ぼんやりと見えるパイプ椅子《いす》。手荒に座らされる。

「うっ……」

座っている力も出ない。そのままパイプ椅子から崩れ落ちそうになったところを、誰かが乱暴に引き戻す。

自然と天井を見上げる姿勢になった。裸電球がやけにまぶしい。

それからまた意識を失った。どれくらいの時間がたったのかもわからない。

自分が誰なのかも判然としない。

ここはどこなのか？　いまは何時なのか？　ひょっとしたら、自分はどこかのクラブで飲んだくれて、そこらの倉庫で酔いつぶれているのかもしれない。

いや——

「マトバ刑事」

その声を聞き、すぐに彼は自分が何者なのかを思い出した。

自分はケイ・マトバ。刑事だ。

いまが何時かは、わからない。ここがどこかも、わからない。だがどこかの薄汚れた地下室なのは、わかる。

そして目の前に立ち、自分を見下ろしているこの男――FBIと名乗った東洋系のこの男の名前は覚えている。

「ロナルド・チャン」

マトバは相手の名前をつぶやいた。

「いい芝居だったな。まんまとだまされたよ……」

「FBIなのは本当だ。あんたと面識はなかったがね」

チャンはマトバの対面に、同じパイプ椅子を置いてから、不作法にまたがり、彼の顔をのぞき込んだ。

「マトバ刑事。なぜあんたを生かしてると思う？」

「知るかよ。それより頭痛の薬をくれ。このままじゃ借り物のスーツを汚しちまいそうだ」

こみあげてくる吐き気をこらえながら、マトバは言った。

「噂《うわさ》どおりの男だな」

チャンは笑った。

「もうちょっと脅えてくれ。私はタフガイ気取りの男が、我慢できずに泣き出すのを見るのが大好きなんだよ」

「おお……怖いな。ウコンのドリンクを飲ませてくれたら、いくらでも泣いてみせるよ。その辺のコンビニに売ってるだろうから、さっさと買ってこい。あとチキン・ナゲットとカップヌードルもな。間違えるなよ？　チキン・ナゲットとカップヌードルだ。間違えたら殺す」

正直、マトバには聞きたいことが山ほどあった。ティラナはどうなったのか？　ランドルは？　ここはどこか？　だが全部飲み込んだ。この気取ったクソ野郎のペースに乗せられるなら、死んだ方がマシだ。

チャンの平手打ちが来た。ぱちん、といい音。

「わかってないな」

「わかってるさ。俺を泣かせたいのなら、そんな女みたいなビンタじゃなくて、ウコンのドリンクだ」

もう一度チャンの平手打ち。今度はもっと強くて、もっといい音だった。

「拷問《ごうもん》してもいいんだぞ？」

「勝手にしろよ」

「さっきはああ言ったが、これでも文明人なんだよ。できればあんたとは、ビジネスの話がしたい」

「ビジネスね。わかりやすい話は大歓迎だ」

そう言いながら、マトバの頭脳はフル回転を始めていた。

このチャンとかいう男のことはよく知らない。だが必要なら拷問もするのだろう。ＦＢＩの捜査官だということも、おそらく事実だ。そしてなにかの情報、あるいは便宜《べんぎ》を自分から引き出そうとしている。

人道的な理由ではないはずだ。

拷問ではなく、ビジネスでの取引。つまり――

なにかを急いでいる？

誰かから譲歩と協力を引き出したいとき、拷問は効果的だが、時間がかかるものだ。特に強い信念を持った人間の心を折るには、入念な準備と長い時間が必要になる。とりわけ、暴力に慣れた人間相手には。

チャンも自分のことは大して知らないだろう。こんな軽口をたたいているが、なんだかんだで、決して買収には応じない警官だということも。

「なにがお望みだ？」

「画像が欲しい」

「画像？」

「ランドルが撮ったスキャンダル画像だよ。ノーバム候補の嫁さんと、あの『暗殺犯』とのツーショットだ」

ニセＦＢＩに拘束《こうそく》される直前、マトバがスマホで撮影した写真のことだろう。いまではオリジナルのプリント写真はチャンたちが握っている。だがその写真を撮影したマトバの画像データは、ネット上のどこかを漂っている状態だ。

「よくわからないな」

「あれを独占しておきたいんだ。ほかの誰かが持っているのは、困る」

「えー、要するに？　俺のパスが聞きたいだけなのか？　俺のアカウントから、あのしょうもない画像のデータを消したいと？」

「そういうことになる」

すこしもおどけたりせずに、チャンは言った。

「あんたＦＢＩだろ？　アカウントのハックくらい余裕なんじゃないのか？」

「君はサンテレサ市警だ。市警の刑事のアカウントは、たとえＦＢＩでもそう簡単にハックできない」

つまり、あの公園でランドルの写真を撮影したおかげで、自分の命は長らえているとさえいえる。

「そんな大事な画像には思えないんだがね」

「暗殺の実行犯と、その被害者の妻が密会している画像だぞ。選挙の行方《ゆくえ》が変わる」

「つまりトゥルテ候補に勝ってほしいと？」

「逆だ。現状、市長選はベナルネ夫人が優位になっている。同情票だよ。このままいけば、ベナルネ・ノーバムは勝利するだろう」

「ああ……」

マトバはうなずいた。

「そのスキャンダル画像で、あの色っぽい奥さんを強請《ゆす》ろうってわけか。市政にあれこれ影響力を残すために」

「そのためには、問題の画像を完全に独占する必要がある。あのランドルや、君が画像を持っているのは困るのだ」

「なるほどね。この俺が拷問《ごうもん》やら何やらを受けてもあと四日くらいがんばったら、しんどいことになるわけだな」

「話がはやくて助かる」

チャンはにっこりと笑顔を浮かべた。

「そもそも、われわれはモダ・ノーバムを殺害するつもりなどなかったのだ。カーンズについては、まあ否定はしない。もっとも手堅い候補だったからな。ノーバム殺しは……イーサンの独断だった」

「イーサン？」

「君たちが殺した、あの暗殺者だ」

「じゃあ、なんだ？　そのイーサンって野郎は、不倫の末の横恋慕《よこれんぼ》でノーバムを殺したのか？」

「そういうことになる。だが、密会の写真を撮られていたことにも気づいていたようだ。すぐにその場で撮影者のランドルを尾行して、身元を調べ上げていた。われわれがそれを知ったのはイーサンの死後だ。彼の残した端末を調べた結果、写真の存在が判明した。穏便に済ませようとしていたのだが、君の邪魔が入ったというわけだ」

チャンがマトバのスマホを取り出した。

「さあ。パスを言ってくれ。そうしたら君を自由にしてやる」

「それだけ？」

「もちろんカネも払う。一万。一緒に汚れてもらわなければならないからな。さあ、パスを言え」

「わかった。パスは七文字だ。間違えるなよ？　まず『F』……」

「F……」

「次が『U』。……『C』……『K』……『Y』……」

残りの『O』と『U』を言うより前に、チャンの拳《こぶし》が飛んできた。今度は遠慮なしだ。衝撃と苦痛。目の前が真っ暗になる。

マトバは椅子《いす》から転げ落ちた。

「からかっているのか？」

「俺は大まじめさ。それが問題なんだ」

　血の味がする。口の中が切れたようだ。

「交渉決裂のようだな、マトバ刑事」

「最初から交渉になってねえだろ。パスを言ったら自由になる？　一万つけて？　誰が信じるってんだ。あんまり笑わせるなよ」

　チャンの爪先《つまさき》が腹に食い込んだ。腹筋の力を総動員したが、それでも息が止まるような重い痛みが襲ってきた。

「言え」

「言っただろ。ファック・ユーだ」

　さらに蹴《け》りが来た。二発、三発。顔面も蹴り飛ばされた。

「クク……。ああ、いてぇ」

　頭がクラクラする。吐き気もひどくなってきた。苦痛、苦痛、苦痛……。

　さらに何発かもらって、気が遠くなる。

「言え！　起きろ！」

　口と鼻から血を流し、朦朧《もうろう》として横たわるマトバのそばに、チャンがしゃがみ込んだ。

「う……」

「寝るな！」

胸ぐらをつかまれ、引き起こされる。後ろ手に手錠がかけられているし、もうまともに動けないと思っているのだろう。

さて、やってみるか。

意識を失いかけた者がそうするように、彼は首を大きくのけぞらせた。かすんだ視界にチャンの顔。

全力で頭突きをかます。完璧《かんぺき》なタイミングだ。相手の鼻がつぶれる音が、やけに耳に残った。

「がっ……！」

膝《ひざ》をつき、チャンがよろめく。すかさずマトバは肩を支点にして倒立し、相手の首に両足を巻き付けた。

「やめ……」

チャンが仰《あお》向《む》けに倒れる。足を4の字に固めて、力いっぱい首を締め付ける。相手の口がぱくぱくとあえぐ。

もっと力を入れなければ。

じたばたとしながら、チャンが銃を抜こうとしていた。まずい。

もっと、もっと締め上げる。

銃が抜かれた。銃口がいま、こちらに——

「……っ！」

自分の筋肉が千切《ちぎ》れるくらいのつもりで、もう一押し。脳への血流が完全に絶たれて、相手が銃を落とした。全身から力が失われ、チャンはそれきり動かなくなる。

念のためにさらにしつこく相手の首を締めてから、マトバは足を放した。後ろ手のまま、体を探る。手錠の鍵を探り出し、苦労して開錠した。

「サッカーボールじゃねえんだぞ？　ああ、いてえ……」

血の混じった唾《つば》を吐き出し、彼は吐き捨てるようにいった。身体のあちこちがずきずきする。息をするたびに肋骨《ろっこつ》が燃えるような痛みを発していた。

自由になった両手で銃を拾い上げ、男の体をさらに探る。

腰のホルスターから予備弾倉二つを頂戴する。チャンの拳銃は四〇口径のM＆Pだった。長い間低迷していたスミス＆ウェッソン社のヒット作だ。愛用するプロは多い。

FBIのIDは本物だった。名前もだ。やはり最初から、自分たちを生かして帰す気はなかったのだろう。

「ティラナ……」

ティラナとランドルの行方《ゆくえ》が気になるが、尋問はもうできない。チャンは殺してしまった。要領よく気絶させる余裕などなかったのだ。

拳銃をスライドさせ薬室の中を点検してから、改めて室内を見回す。

ここはどこかの地下室だ。室内に階段や梯子《はしご》はない。ドアはひとつ。

銃を構えてドアを開ける。

暗い通路の先に上への階段が見えた。通路の左右には同じようなドア。中をのぞくと、ひとつはボイラー室だった。もうひとつは倉庫だ。がらくただらけだったが、床に死体袋が転がっていた。

おそるおそる近づいて、死体袋を開けると、マトバはうめくようにつぶやいた。

「ランドル……。すまない」

ランドルが死んでいた。眉間《みけん》に一発だ。おそらく、いまマトバが持っているこの拳銃で殺されたのだろう。

自分に助けを求めてきたのに、助けられなかった。強い怒りと罪悪感が胸を締め付ける。仇《かたき》は取ったことになるのだろうが、なんの救いにもならない。

ただ一瞬、この死体袋に入っていたのがティラナでなかったことには安堵《あんど》していた。ランドルに『すまない』と言ったのは、その意味もある。

確信があるわけではないが、ティラナはまだどこかで生きているはずだった。助け出さなければ――

中央街《セントラル》にほど近い、ブラック・ヒルズ。一〇階建ての中層アパート、その屋上のペントハウスにティラナはいた。

豪華というほどではないが、広いリビングだ。壁の一面を占めるガラス戸の向こうには、小さな空中庭園があった。

外套と武器は奪われて、部屋の片隅のスツールの上に置いてある。彼女は肌着姿で、後ろ手に手錠をかけられたまま、ソファに座らされていた。

古いガラスのテーブルを挟んで腰掛けているのは、あのゼラーダだ。

足にも枷《かせ》がつけられているので、飛びかかることさえできない。

『ボナ・エクセディリカ《ミス》。お加減はいかがですかな？』

ゼラーダがファルバーニ語で言った。聞くのも忌《い》まわしいしゃがれ声だったが、その発音と語法はきわめて由緒正しいファラーナ方言だった。

『最悪です《ケーニシエバ・ラー》。あなたの術《ミルディ》のせいではなくて、あなたの顔が目に入るから』

『美しいお声ですな。蛮人《ドリーニ》のイングリッシュでは粗野な小娘のようにしか聞こえませぬが、ファルバーニの言葉を紡《つむ》ぐあなた様はまさしく貴人。さすがはデヴォル大公の血筋に列せられるお方です』

ティラナは地方貴族の娘だ。しかしその家系を遡《さかのぼ》ってみれば王族に行き着く。『デヴォル大公《テベレーナ・デヴォル》』

は、四代前の王弟にあたる。実はティラナには王位継承資格もあり、彼女自身が覚えてる限りでは、継承順位六〇位くらいのはずだった。

自分にその順位が回ってくることなどあり得ないし、上位者の死去や誕生によって継承順位が頻繁《ひんぱん》に動くため、普段はほとんど気にしていない。ミルヴォア騎士団で世話になった師姉《レーザ》には、よく『さすがは六〇位！』だのとからかわれたものだが、所詮《しょせん》はその程度の身分だ。継承順位を持っていなくても、ティラナより高い身分の者は何百人もいる。

『どうでしょう？　近ごろはイングリッシュも気に入っています。侮蔑《ぶべつ》語の豊富さには不自由しませんので』

彼女が言うと、ゼラーダは笑った。

『これはこれは。できれば、あなた様のお声では聞きたくないものですな』

「ファックするがいい。ゼラーダ」

まっすぐ相手をにらみつけながら、彼女は英語で言った。

「卑《いや》しいじじいめ。ブタのクソみたいな口臭がここまで漂ってくるぞ。そのしなびたケツを四つに割られたくなかったら、いますぐ歯ぬけのニヤケ面を床にこすりつけて、小便を漏《も》らして命乞いをしろ」

こんな言葉を使うのは初めてだった。刑事の仕事をしているうちに、自然と覚えてしまったのだ。

手枷《てかせ》を受け、切りかかることもできないいま、言葉で切りつけることくらいしか思いつかなかった。

これにはゼラーダも驚いたようだった。

『おお……おいたわしや。地球に長くいることなど、やはり害悪にしかなりませぬな』

「おまえよりはマシだ。短小野郎のしゃぶり屋め。とっとと死ぬがいい！」

ゼラーダはさらに笑った。

両手で顔を覆い、むせび泣くように肩を震《ふる》わせ、何度もうなずき、しきりに『これだ』とつぶやいた。

「では」

ゼラーダも英語で言った。

「お望みの言葉で話しましょう。どうやら最近のあなた様は、地球語《イングリッシュ》の方がお好きのようですからな」

「貴様と話すことなどない。さっさとわたしを殺せばいい」

「それはわたくしも考えました。おそれながらあなた様は、純粋でいらっしゃる。私が何万語を尽くそうとも、決してお心を変えることはありますまい」

「当然だ」

「されど、あなた様は同胞でもあられる。野蛮人《ドリーニ》ではなく、文明人《セマーニ》でございます。せめて、わが心情をお伝えしておくことも、無駄ではないかと」

「貴様ごとき卑《いや》しい悪党の心情だと？　笑わせるな」

「そうおっしゃらずに。この老いぼれはそう長くはありませぬ。『人間の土地《レト・セマーニ》』の行く末を案じているのでございます」

ティラナは怪訝顔《けげんがお》をした。

「レト・セマーニの行く末だと？」

「はい。あなた様もご存じでしょう。ファルバーニ王国の惨状を。ドリーニの武器や道具、忌《い》まわしいポルノなどが流入し、王侯貴族はこぞってそれらの文物を求めております。かような——」

ゼラーダのしなびた手がテーブルの上をさまよい、なにかのリモコンを探り当てた。スイッチを押すと、部屋の片隅にあるステレオセットが地球の音楽を奏でた。耳障りな太鼓《たいこ》の音と、歌い手の金切り声。あれはロックだ。マトバがよく聞いている。

「うるさいぞ」

「失礼」

すぐにゼラーダは音楽を止めた。

「——かような醜悪なものを、セマーニの民は喜んで受け入れようとしております。エルバジ様を覚えておいでで？」

「もちろんだ」

「エルバジ様は文武に優れ、大変に目端のきくお方でしたが、ドリーニの悪習に染まりすぎました。この町だからこそ、とも言えましょうが――いずれ『人間の土地《レト・セマーニ》』にもエルバジ様のような方々が大勢現れることは自明かと存じます」

ティラナはすぐには反論できなかった。それは彼女自身も漠然と案じていたことだったからだ。

ティラナの父は開明的な人物で、地球の文明を肯定的に捉《とら》えている。さまざまな機械や道具、文物を自領に取り入れることにも熱心で、自分や臣下の者を王都の『中州《ザルゼ》』に留学させたりまでしている。彼女の故郷の町では最近、風力発電と電気の街灯が整備されたと聞いた。

夜の街路が明るくなったので、治安もよくなり、出歩く者も増え、商《あきな》いも前より盛んになったという。だが、朝の仕事や礼拝を怠《おこた》るものが増えたとも聞く。夜更かしのせいだ。

これくらいなら笑い話ですむだろう。しかしティラナはこの町を知っている。とりわけ、この町の腐敗と犯罪を目の当たりにしてきた。

愛する静かなあの故郷に、無制限に地球の文明が流れ込んだら、いったいどんなことになってしまうのか。父を敬愛するあの民も、メトセラ通りで飲んだくれている連中と同じになってしまうのか？　あるいはあの旧市街のように、もっとひどい貧困と腐敗に飲み込まれるのか？

いずれにせよ、想像するだけで寒気がした。

「退廃」

　ゼラーダが言った。

「ドリーニの文明を表すなら、この一語しかありますまい。わたくしはマーザニ派の術師でございます。悪を為しました。無垢《むく》なる者を殺しました。されど、退廃におぼれたことはございませぬ。誓って、一度たりとも」

「……よかろう。だとして、なぜドリーニの悪党に手を貸す？」

「それが『人間の土地《レト・セマーニ》』のためになるからでございます。人間《セマーニ》と蛮人《ドリーニ》は憎みあい、軽蔑《けいべつ》しあうべきかと存じまする。ドリーニのものなど、見るのも触るのも忌《い》まわしい。そうならなければ、あの退廃からわれらの土地を守ることはかないませぬ」

　この町でセマーニ人と地球人の対立が悪化すれば、やがて弾圧に発展するだろう。そしてその扱いは、いずれセマーニ世界にも伝わる。憎悪は伝染し、より厳しい禁令が出されるだろう。地球文明が大好きな父などは、真っ先に処断されるかもしれない。

「大それたことを。それは独善と申すものだ」

「果たしてそうですかな？　拙者には、ただ一つの妙策としか思えませぬ」

「…………」

「エクセディリカ様。まさかこの退廃を受け入れよと？　それは堕落というものですぞ」

「堕落。堕落か……」

ティラナは目を閉じた。

もしかしたら、自分は堕落したのかもしれない。

故郷が遠く感じられる。脳裏に浮かぶのはこの町で出会った人々のことばかり。痛ましい事件や滑稽《こっけい》な事件。そうしたものごとが、自分を気づかないうちに変えてきた。

そう、変わったのだ。

「ゼラーダ」

彼女は目を開けた。

「おまえの言う『堕落』とは、変化を恐れる者の言葉だ」

「異な仰《おお》せを」

「そう。おまえは臆病者だ。『悪を為した』などとうそぶきながら、世界を覆う混沌《こんとん》に脅えている。わたしは恐れぬ。いつか汚濁の中に、光るものを見つけてみせよう」

「ありえませぬ。現実をごらんなされ！　そのような理想など――」

「現実と申したな！　ならば言おう！　すでに門の扉は開かれてしまった！　一五年も前に！　決して元には戻らない！　わたしたちは変わらなければならぬ。その中で最善を目指すよりないのだ！」

「なんと……」

ゼラーダの声は落胆に近かった。

そして自分の口からこんな言葉が出てきたことに、ティラナ自身が密《ひそ》かに驚いていた。このサンテレサ市に来たころに、こんなことが言えただろうか？

『変わらなければいけない』などと。

「失望いたしましたぞ、エクセディリカ様」

「わたしはもはや、まやかしの言葉に迷ったりはせぬ。殺すなら殺すがよい。ただしその心に刻み込め。おまえは小娘一人の心を変えることもできなかった。そのような者に、大業が為せるとはとうてい思えぬな！」

「うぬっ……」

術師の相貌《そうぼう》に屈辱の色が差した。マーザの術杓《ウラトー》をまっすぐに構える。マーザニ派の術師たちがよく用いる、術式具だ。

「ふん！」

ティラナは鼻で笑ってやった。馬脚を現したな、この匹夫《ひっぷ》め。所詮《しょせん》その程度の老いぼれだ、貴様など。

笑って死んでやろう。あざ笑って、このよこしまな術師の胸中に苦いものを残してやろう。常春の国での自慢になる。この調子ではどうせケイも先に行っているか、後から来るかだろうから、そのときには嫌味《いやみ》たっぷりに話すとしよう。

「くっ……」

致死の術は来なかった。

術杓が震《ふる》える。ゼラーダの指も震える。腕と肩が震え、やがて彼は哄笑《こうしょう》をあげた。耳障りな奇声。

「すばらしい！　すばらしい！　これは一本とられましたぞ、エクセディリカ様！」

身を折り、涎《よだれ》を飛ばさんばかりにゼラーダは絶叫した。

「まことに、まことにあなた様は気高《けだか》きお方！　ヒヒヒ……このゼラーダ、感服つかまつりました！　さすがは……ヒヒ……さすがはセンヌヴェリヤ様の妹君！」

「なに？」

ティラナの顔から血の気が引いた。

グレーゼ・センヌヴェリヤ。

行方《ゆくえ》不明の兄がしばしば使っていた名前だ。

「グレーゼ兄さまを知っているのか」

「はい……クク。存じております。とても、よく」

「どこにいる。なにをしている。言え！」

「さて？　先ほどあなた様は仰《おお》せになりましたな？　『殺したければ、殺せ』と」

「貴様……！」

「あなた様が拙者の真心を、すこしでも汲《く》んでくださったのならば、お引き合わせをするのもやぶさかではなかった。しかし……言葉とは毒です。お若く愛らしいあなた様のお言葉が、兄君様のご決意を毒することも、ないとは申せませぬ。さすれば、やはりこうするしかございますまい」

「そんな……」

改めて、ゼラーダは術杓を構えた。今度は激情ではなく、冷徹な意志によるものだった。

決意？　まさか、兄さまはこの男に賛同しているというのか？　ありえない。このような下《げ》賤《せん》の者の甘言に弄されたなど。

「わたしは信じぬぞ、ゼラーダ。地獄に落ちるがいい……！」

「おさらばです、エクセディリカ様」

ひきつった笑み。困惑するティラナの額《ひたい》に、術杓《ウラトー》が向けられる。ドリーニの銃口が突きつけられたようなものだ。

覚悟したそのとき、ゼラーダはうつむき、短く『むっ』となった。この術師にしか感じ取れない、ラーテナの変動があったのだろう。

「いやはや……。あなた様はギゼンヤの恩寵《おんちょう》に守られてらっしゃる」

どこか遠くから銃声が聞こえた。複数。あれは銃撃戦だ。

「なに？」

「マトバ様でございます。このアパートの地下から、拙者の傀儡めをなぎ倒しつつ……うむっ」

「ケイが？」

死人操りに集中する必要があるのだろう。ゼラーダはもはやティラナに構っている余裕さえないようだった。

一階に出たところで、さっそく敵と鉢合《はち あ》わせしてしまった。マトバたちを連行してきた、あの偽物のＦＢＩだ。いまはジャケットを着ていないが、顔には見覚えがある。

「銃を捨てろ！」

いちおう警告する。だが男はあの無表情のまま、緩慢な動きでこちらに銃を向けてきた。容赦《ようしゃ》なく発砲。

胸と頭に一発ずつ。慣れない他人の銃だが、外すような距離ではなかった。威力もさすがの四〇口径だ。男が倒れる。

そこでようやく、マトバはこの建物がどこかのアパートなのだと把握《はあく》した。ここは玄関ホールだ。すぐ正面にエントランスのゲートがある。脱出するのは簡単そうだ。

このまま外に出るか？　それとも屋内を捜索するか？

迷っているうちに、二階へと続く階段から二人の男が駆け下りてきた。

もう警告はなしだ。足を引き、半身に構えた射撃姿勢――ウィーバー・スタンスで先頭の一人に一秒で三発撃ちこむ。

しばしば『ハリウッド撃ち』などと揶揄《やゆ》されることもあるこの射撃姿勢だが、警察のインストラクターにいくら『やめろ』と言われようと、彼はウィーバーをやめる気がなかった。これまでの数多くの実戦経験からいって、自分にはこのスタイルが一番合っているからだ。

マトバは右利きだが、効き目は左目だ。本来なら射撃向けではない肉体的特徴である。こういうタイプがウィーバーで構えると、あごが右肩に接しそうなくらいの極端な半身の姿勢になってしまう。

しかしこうした狭い空間で、自身の左側に壁がある場合、ウィーバーはめっぽう強い。一瞬で、ほとんど四時方向の標的まで狙《ねら》えるからだ。警察では主流の、両足を正面にして銃を構えるアイソセレス・スタンスではこうはいかない。アイソセレスならせいぜい二時方向までだ。

十分な準備をして、威力たっぷりのカービンで武装し、強力なボディアーマーを着ける余裕のある警官なら、被弾の危険が大きいアイソセレスもいいだろう。だがマトバは私服姿が不自然になるようなボディアーマーは着けられない任務ばかりで、いつ危険がやってくるかもわからない刑事なのだ。敵に対してさらす面積は、最低限な方がいい。半身ならそれができる。

しかもこの『極端なウィーバー』だと、自分の腕を銃床《ストック》に見立てて構えられるので、照準時の安定も精度も高い。腕ではなく、腰で狙いを定められるからだ。

全弾命中。

二階から来た敵の一人が、悲鳴ひとつあげず前のめりに倒れる。頭部に二発当てたのだから、即死だろう。

だが後ろのもう一人の行動は予想外だった。まったくひるまず、ためらいもせず、撃たれた味方の後頭部をつかむなり、その体を盾《たて》にして突進してきたのだ。

「ばっ……」

『馬鹿な』だのと言って無駄な射撃をしたら、彼は殺されていたことだろう。

だがマトバはすぐにそれまでの射撃姿勢を切り替えた。伸ばした腕を引っ込め、腹の前に銃を構え、右方向へとステップして――

操り人形が『肉の盾』を投げつけてきた。だが、あれはゼラーダの好む動作だ。前の相棒のリックが殺されたときにやられたから、よく覚えている。

飛んできた男の体をぎりぎりで避けつつ、ほとんど腰だめの姿勢で連射する。目をつぶってでも当たる距離だ。

六発ほどたたき込んでやった。すべてが胸に集中した。それでも男は絶命せずに、マトバの喉頭《のどくび》に手を伸ばしてきた。つかまれたら最後だ。あの怪力で殺される。

「ゼラーダ……」

身を反らし、背中から床に転がり、巴《ともえ》投げの要領で敵の腹を蹴《け》り飛ばす。死人が頭上を飛び越していく。

マトバは仰《あお》向《む》けのまま射撃した。

残り四発を一秒で撃ち尽くす。ようやく男は息絶えた。

「ゼラーダ。おまえはダンスが下手《へた》みたいだな！」

聞こえているかどうかはわからない。だが彼は叫ばずにはいられなかった。

立ち上がりつつ、弾倉を交換する。ボタン一発でストンと落ちる弾倉。きれいに入る予備弾倉。

正直、このM&Pはいい銃だと思った。あのチャンにはもったいないくらいだ。あの悪党に握られ、ランドルの命を奪うような仕事しか与えられなかったなんて、銃が気の毒だった。

そういえば自分の愛銃——あのSIG・P226はどうなったのだろう？　地下にはなかった。もしぞんざいな扱いを受けていたり、どこかに捨てられていたら、それこそ自分は敵を喰《く》い殺してしまうかもしれない。

（それはそれとして、だ……）

玄関側からの襲撃がないことで、マトバは確信に近いものを感じた。ゼラーダはこの上にいる。そしておそらく、ティラナも。

アパートの住民の存在が感じられないのもおかしい。ここまで派手なパーティをやれば、悲鳴や怒号のいくつかくらい、ありそうなものだ。

（住民はいないのか……？）

マトバは玄関のホールを無視して、階段を駆け上がった。エレベータもあったが、あんなものを使ったら待ち伏せの末に蜂《はち》の巣《す》だ。倒した敵の銃をベルトに挟みつつ、M&Pを構えて階段を上っていく。

八階に達するまでに、四人の敵に遭遇した。すべて倒す。

九階の敵は一人だけだったが手強《てごわ》かった。タフで、カービンを持っていたのだ。だが射撃は大してうまくない。隠れて回り込み、M&Pの全弾を使ってどうにかしとめる。

敵のカービンを頂戴しようとしたが、残弾がほとんどなかったのでやめておいた。途中で倒した敵から奪った九ミリ拳銃――ベレッタのM92に切り替える。

さらに階上へ。

これまでの経験で、なんとなくわかってきた。ゼラーダの操るあの『死人』は、例外なく超人的な強さを発揮するようではないようだ。素早い奴、頑丈な奴もたまにいるが、あれは本人の資質に依存しているのではないだろうか？　もしくは複数の『死人』を操ると、それほど複雑な動作が命令できない？

なんにせよ、『死人』の敵はこれで打ち止めのようだった。一〇階には誰もいない。残るは屋上だ――

「なんたること……。わが下僕はすべて倒されたようでございます」

押し戴くように術杖を構えながら、ゼラーダは言った。

「当然だ。貴様は戦士ではない。その貴様が操る死人《しびと》などで、ケイ・マトバを止められるなどと思うな」

「そのようですな。さて、どうしたものか……」

「ケイはすぐに来るぞ。あきらめて縛《ばく》につくことだ！」

するとゼラーダは笑った。

「オホホ……！　なにを仰《おつしや》るかと思えば。『縛につけ』とは。拙者は迷っていただけでございます。先に死んでいただくのはあなた様か、マトバ様か」

「なに？」

「ここに来たマトバ様が、あなた様の骸《むくろ》をごらんになって、どんなお声を発するのか？　逆にあなたの御前でマトバ様が絶命したとき、どんなお声で嘆いてくださるのか？　これはいささか難しきところ……」

「下衆《げす》め……！」

「うむっ、決めましたぞ。拙者はマトバ様の絶望を所望します。しからばエクセディリカ様――」

術杖がティラナに向けられた。三度目の正直といったところか。

先ほどはこの縛《いまし》めのまま逃げ隠れしても、とうてい危地を脱することはかなわないと思っていた。見苦しくあがくよりは、毅然《きぜん》として死ぬしかないと。

だがいまは違う。ケイが来るのだ。ここはジタバタしてやるしかあるまい。

「豪力の腕《マイナ・ボルヘ》、戦神の加護よ《ラブナ・イエ・ギゼンヤ》」

すばやく詠唱《えいしょう》。筋力増強の術《ミルディ》が発動する。

同時に彼女は目の前のガラスのテーブルを、ゼラーダめがけて蹴《け》り上げた。

『鉛の鱗《ログナ・セス》、冥神の変容よ《ゴーゼ・イエ・ベセモー》』

ゼラーダが高速詠唱。

ガラスのテーブルがゼラーダに当たって粉々になる。だがゼラーダはよろめきすらしない。

瞬間的に体表を硬くする術だ。

「往生際が悪いですぞ！」

術杖がこちらを向く。詠唱なしで青い炎――毒の障気《しょうき》が襲いかかる。ティラナは両足を縛《しば》られたまま床を蹴り、自分が座っていたソファの陰に逃れた。障気は背もたれに当たって霧散する。

「おやおや……あなた様らしくもない」

後ろ手に手錠がかけられているので、起きあがることもできない。ティラナは芋虫のように床を這《は》い、その場からすこしでも離れようと努めた。

来る。もう一撃。

体を反らして両足を振り、そのまま一回転。ぎりぎりで床めがけ落ちてきた青い炎をかわす。

「おおっと、がんばりますな！　さすれば……」

ゼラーダがなにかを詠唱《えいしょう》した。空中に白い光の玉が現れる。まずい。これは避けられない
――

「あああああっ！」

目を焼くような電光が走り、ティラナを容赦《ようしゃ》なく打ちすえた。

空からたたき落とされたような衝撃。全身の筋肉が好き勝手に痙攣《けいれん》し、すさまじい苦痛が体のあちこちを駆け抜けた。

「うっ…………」

体が思うように動かない。指先は反応する。あとすこし休めれば、まだ悪あがきできそうなのだが――

「ゼラーダ！」

「おっと……？」

そのとき、屋上の庭園側から、マトバがペントハウスに踏み込んできた。

発砲。

全弾をたたき込むような勢いの連射だ。そのほとんどがゼラーダに命中した。だがいまあの男には硬化の術がかかっている。ピストル弾くらいではほとんど手傷を負わせられないだろう。

「お早いご到着ですな、マトバ様」

マトバは言葉一つ返さずに、弾倉を交換して射撃を続けた。

火花、火花。跳弾があちこちの壁や調度に穴をあける。

「ぬっ……」

硬化の術とて万能《ばんのう》ではない。こうして執拗《しつよう》に銃撃を加えれば、ラーテナが不足し一矢《いっし》を報《むく》いることもできるはずだ。

「これは危ない。さすれば……！」

ゼラーダが小さくなにかを詠唱した。

たちまちゼラーダの姿がかき消える。隠れ身の術《ミルディ》だ。以前もティラナとマトバは、この術にさんざん苦しめられた。

「ケイ！　上……！」

電撃の苦痛が残っていて、声を出すのにも苦労した。天井近くに青い炎が生まれ、マトバめがけて襲いかかる。

「！」

マトバは頭上を見ようともせずに、正面に身を投げ出した。彼はあの障気《しょうき》に殺されかけたことがあるので、どんな危険が迫っているのか即座に気づいたのだろう。

「ティラナ」

マトバが身を起こし、ティラナにまっすぐ駆け寄ろうとして——思いとどまった。ゼラーダは盲目だ。音と予測で位置を悟っている。まっしぐらにティラナに駆けつけるような進路を、計算していないわけがない。

彼は短く室内を見回すと、粉々になったガラステーブルのそばへと用心深く進んだ。ガラスの破片と共に落ちているリモコンを手に取り、スイッチを操作する。

あの耳障りなロック音楽が、たちまち室内に響きわたった。

「おう、ガンズか」

ボリュームが最大になる。耳が割れそうな騒音と金切り声。ティラナまで頭がおかしくなりそうだった。

マトバは遠回りに小走りして、スツールの上に置かれたティラナの長剣をつかむと、忍び足で彼女のところまで来た。

両手両足を縛めている手錠を鍵で外しながら、マトバが耳元でささやいた。

「スプリンクラーを使うぞ。姿が見えたら、同時に攻撃だ」

彼は長剣を押しつけてきた。

「すまぬ……体が……」

まだ力が入らない。立つことさえ難しい。これでは長剣で切りかかることなど、とうてい無理だ。

マトバは一瞬、考えるそぶりをみせた。

「わかった。じゃあ、こうしよう」

「なに……？」

マトバが渡してきたものを見て、彼女は驚愕した。

そのとき、雷光がステレオセットとスピーカーを直撃した。火花が飛び散り、たちまち耳障りな音楽がかき消える。

『む、む、むごいことを……！』

どこからともなくゼラーダの声がした。

『耳の膜が破れるかと思いましたぞ！　能《あた》う限りの苦痛で、冥界に送ってさしあげましょう！』

マトバはなにも答えず、手近な椅子《いす》を窓へと投げつけた。ガラスが割れ、けたたましい音が響く。

同時に部屋の反対側——壁に設置された防災パネルへ走った。

『そこ！』

空中に白い光。あの電光が、マトバの右足に命中した。

「ぐっ！」

ガラスが割れた音のおかげで、直撃だけは免《まぬが》れたようだ。よろめきながらも彼は数歩進み、防災パネルのレバーを引いた。

スプリンクラーが作動した。天井の消火栓から大量の水が散布される。

水をかぶったくらいで、ゼラーダの隠れ身の術が破られるわけではない。奴は透明なままだ。しかし、水をかぶったそのシルエットまで隠すことはできなかった。

『ほほ！　考えましたな！　されど――』

ゼラーダは、ソファの後ろにいた。マトバからの銃撃を警戒して、常に遮蔽物《しゃへいぶつ》をとっていたようだ。

マトバの位置からではソファが邪魔で射撃できない。大きく、頑丈な家具だ。拳銃の弾ではろくに貫通できないことも知っているのだろう。

そう。マトバからは、撃てない。

マトバからは。

だが歩くこともできないティラナからみると、敵の背中はがら空きだった。

「キゼンヤよ、お許しください……」

ティラナは彼から渡されていたもの――自動拳銃の銃口をゼラーダに向け、引き金を引いた。

遠い距離ではない。

まったく発砲の経験がないティラナでも、その銃弾は命中した。その反動に驚きながらも、彼女はなおも撃ち続ける。

『な!?　がっ!?』

数発ははずれたが、半分以上は命中してくれた。飛び散る血しぶき。術が解け、ゼラーダが姿を現す。

「なんと……なんと……」

スライドが後退して停止する。ティラナは故障かと思って、何度も引き金を引き続けた。

よろめくゼラーダに、マトバが突進していた。右足を引きずりながらも、できる限りの早さで。

「まさ……か」

その手には、ティラナの長剣《クレーゲ》が握られていた。

「待っ……」

待つわけがない。マトバが長剣を横なぎに振るった。斬撃《ざんげき》というより、ベースボールのバッターのようなフルスイングだった。ひどい構えだが、力は出るだろう。

バイファート鋼の刃《やいば》が、ゼラーダの首をほとんど真っ二つにした。

悲鳴もあげずに術師はくずおれ、血だまりの中で動かなくなった。その血だまりも、スプリンクラーの放水でみるみると洗われていった。

ゼラーダは死んだ。

前は生死不明で逃がしてしまったが、今度こそ息の根を止めた。

「あー……グロい。夢に見そうだ」

ソファに寄りかかって、マトバは激しく息をした。彼もティラナもずぶ濡《ぬ》れだった。

一息ついてから、マトバは彼女のそばに戻ってきた。

「動けるか」

「うん……すこしは」

肩を貸してもらって、ティラナはなんとか立ち上がる。

「返すぞ」

マトバが長剣《クレーゲ》を返してきた。無言で受け取り、血に塗《まみ》れた刀身を見下ろす。もしこの剣がしゃべれたら、いまごろ猛烈な抗議を受けていることだろう。

「すまぬ……」

「気にすんな」

「ちがう。剣に言ったのだ」

「あ、そう……」

二人はペントハウスから屋上へ出た。ティラナはまだ体がよく動かないし、マトバも右足に電撃を受けているので、自然と寄り添うような格好で歩くしかなかった。

ゼラーダは宿敵だった。マトバにとっても、ティラナにとっても。

その宿敵との決着が、互いの武器を交換して果たされるなどとは——まったく予想もつかなかった。以前の彼女なら、あのときマトバに銃を押しつけられても、きっぱりと拒絶していただろう。

だが撃てた。自分を形作った文化への背徳感と同時に、視野が開けたような、不思議な感慨があった。


屋上の縁まで来てから、下り階段に並んでしゃがみ込み、二人は街を見下ろした。

「ここは、どこなのだ？」

「さあ……たぶんセントラルの近くだな。応援を呼ばねえと」

マトバはスマホを取り出して位置情報をチェックすると、市警本部に連絡を始めた。

ティラナは壁に頭を預けて、ぼんやりとした。でもその壁はごつごつしていて側頭部が痛かったので、反対側のマトバの肩に寄りかかった。マトバは応援要請の声を一瞬だけ止めたが、すぐに本部との会話に戻った。

本部との応答が終わると、彼はジマーに連絡して、長い報告と相談を始めた。

この屋上から見える大通りの交差点で、デモ隊と警官隊がにらみあっていた。遠いので、どちらの勢力のデモ隊なのかはわからない。無数の罵声《ばせい》とサイレンだけは、ビル街の中で反響してよく聞こえてきた。

「応援はしばらくよこせないそうだ」

電話を切ってから、マトバが言った。

「どうしてだ？」

「あの通りの暴動やら何やらのせいさ。パトカーがみんな出払ってて、三〇分は待てとさ。もうこの街、終わってるな」

「そうか……。それより、一緒に捕まったランドルはどうなった？」

「助けられなかった。地下で死んでたよ」

「そうか……気の毒に」

「ランドルといえば……」

マトバは自分のスマホの画像を見せてきた。

「なあ。この写真、どうする？」

あの暗殺者と、ノーバム夫人の密会写真だ。いま、ここにある一枚だけ。『クラウド上』とやらにもあるそうだが、それは誰にも手が出せないらしい。

「なぜわたしに聞く？」

「これを捜査本部に提出したら、たぶん公開される。そしたらノーバムの嫁さん、選挙に負けるぞ」

「それはつまり……」

「あのトゥルテが勝つ。奴が市長だ。それでもいいのか？」

ティラナは顔をあげ、目を丸くした。

「ケイ。まさか、この写真をもみ消すと？」

「そうは言ってない。言ってないが……まあ、可能ではある」

ランドルは死んだ。ゼラーダも死んだ。あのＦＢＩの裏切り者も死んだらしい。この写真の存在を知っているのは、おそらくこの場の二人だけだ。

「職業倫理からいえばアウトだが、正直、俺はどちらでもいい。むしろおまえがどうしたいか、だ」

ティラナはトゥルテ候補との対面を思い出した。いまでも反吐《へど》が出るほど嫌いだし、敬意も抱けそうにない。それにあの男が市長になったら、この街のセマーニ人たちはろくな扱いを受けなくなるだろう。

だが、それでも――

「わたしは先ほど、ドリーニの銃を撃った。わが神キゼンヤはお怒りになっているだろう。同じ日に、ノーバムの妻の不正を見過ごせば、キゼンヤはわたしに怒りの雷を……」

そこまで言って、ティラナは首を横に振った。

「いや、すまぬ。神ではなく、わたしが決めるべきなのだな」

「それがいいと思うぜ」

「では……この写真は……提出してくれ。大事な証拠《しょうこ》だ」

「本当にいいのか？」

「うん。それに、この街は……いまがこんなでも、市長が誰になっても、いい街だと思う。

なぜなら……」

「なぜなら？」

「……いや。いい人もたくさんいるから」

「まあ、そうかもな」

マトバは拍子抜けした様子で、煙草《たばこ》を取り出し火をつけた。

とても疲れていたし、怪我《けが》もしている。二人はそれきり無言だった。

おまえがいる街だから。

その言葉は、どうしても口から出せそうになかった。

エピローグ

トニーとゴドノフが捕まえたユージン・ボーライという男は、かなりの変わり種だった。

ティラナが言っていたとおり、そのラージ族というのは非常に閉鎖的で保守的な種族らしいのだが、ボーライは突然変異のようなタイプだった。もともと天才的な職人だった彼は、狭い里での従弟制と、決まりきった工芸品の製作にうんざりしていた。そこにやってきたどこかの見習い騎士から、地球世界の機械文明のことを聞いたのだ。

自動車、飛行機、家電製品。

まったく新しいからくりの存在に興奮したボーライが、里を出奔したのは当然の成り行きだった。彼は艱難辛苦の旅の末に、サンテレサ行きの難民船に潜り込むことに成功した。

だが言葉はわからない上、身長は子供のようで侮《あなど》られ、地球に来てからも相当苦労したらしい。地球の工学を学びたくても、そんな機会すら得られないまま、最底辺の生活を送って数年を無駄にした。

そんなボーライを拾ったのが、ノーバム夫人だった。ノーバム夫人は難民支援のＮＧＯを運営している。おそらく彼女はなにかのきっかけで、ボーライの才能に着目したのだろう（むしろ教養のあるセマーニ人なら、ラージ族の技術的価値もよく知っていただろうが）。

あのベンチャー企業、モイライ・マテリアルズへの就職を斡旋《あっせん》したのもノーバム夫人だ。それが一年ほど前。NGOの支援ですでに英語と基礎的な教育を身につけていたボーライが、頭角を現していくのは時間の問題だった。

「それで？　会社に内緒であの銃を作ったってわけか」

翌日のランチタイム。

市警本部からほど近いブロックにあるファミレスで、マトバはトニーに聞いた。

「本人はそう言ってるわよ。もともと武具ばかり作ってた種族なんでしょ？　銃に心ひかれるのも無理はないんじゃない？」

と、トニーが言った。

「最初のガバメントはNCマシンで作った習作。あの『変形する銃』は試作品、といったところかしらね」

「確かに天才だな。地球風の名前からして『ユージン』だとか。ユージン・ストーナーにでもあこがれてるのかねえ？」

ユージン・ストーナーは、M16ライフルの生みの親だ。銃器に関わる人間なら、誰でも知っている。

「ふん。いやしくもガバを作るなら、ジョンを名乗るべきだ。ジョン・ブローニング。銃の神様だぞ」

黙々とハンバーグを食べていたゴドノフが、ぶっきらぼうに言った。

「アレックス、おまえロシア人だろ？　もっとすごい神様いるじゃねえか」

「いや、それはやりすぎだ。不遜だ。もし奴が『ミハイル』なんて名乗ってたら、俺はあいつの首をねじ切ってたかもしれん」

「ああ、そう」

史上もっとも大勢の人間を殺しているアサルト・ライフル、AK－47の設計者、ミハイル・カラシニコフの名前もまた、こういう業界の人間なら誰でも知っている。

「……それはさておき。ボーライは司法取引に応じそうよ。ノーバムの奥さんの指示やら何やら、全部証言してくれそう」

「そういう奴なんだろ？　シャバでガンスミスの修行ができるなら、なんでもやるだろうさ」

「あんたたちが見つけた写真もあるし、キャミーたちの調べもあるから、大陪審も通りそうよ」

ノーバム夫人が正式に刑事起訴されるかどうかの判断が決まるのが、大陪審だ。

「それ、誰が言ってた？」

「ケビンよ。あのセクシーな彼」

ケビン・ガードナー検事補のことだ。マトバもよく世話になっている。ハンサムだし有能だしいい奴だが、ゲイではない。

「…………。ケビンなら間違いなさそうだな。新聞にリーク情報流れ始めてるし。これではほぼ決まりか?」

「決まりでしょうね。ノーバム夫人はおしまいよ。なかなかいい政策も掲げてたんだけど。旦那《だんな》を自分の政治キャリアの生け贄《いにえ》に捧げるような女は——それが疑惑レベルだとしても——ナシでしょ」

「ノーバムはクズだった」

それまで黙って食事していたティラナがつぶやいた。

「それは間違いない。だがその夫を殺してまでも、彼女がやりたかった政策というのはなんなのだろう? セマーニ人と地球人との融和? それとも対立?」

マトバも、トニーも、ゴドノフも、なにも言えなかった。

「もう一度、あのノーバム夫人と話してみたいところだ。もっとも、それもかなわぬことなのだろうが……」

それまでの経緯を知っているマトバだけが、彼女の迷いを理解することができた。

「話すだけ無駄さ。政治屋の本音がわかるなら、おまえだって政治屋になれる」

強《し》いてのんきな声で言ってから、彼は大げさに伸びをした。

ランチが終わると、トニーとゴドノフは愛用の車で出かけていった。市郊外のマーファルネで、あのベンチャー企業に山ほど質問があるらしい。

マトバとティラナはデスクワークだ。市警本部に戻って、退屈な報告書を山ほど書かなければならない。

よく使うルートで玄関ホールを横切っていると、一人の警官に出会った。

サンダース巡査だ。

数日前、ティラナがセマーニ人だというだけでつっかかってきたあの若者だ。

マトバが軽くにらみつけると、サンダースは後ろめたそうに目を伏せてから、うつむき、やがてなにかを決心してから、近づいてきた。

「え……エクセディリカ巡査部長！」

「なんだ？」

「こ、こちらにお越しいただけませんか!?　内々に……その、お話したいことがあります！」

ちらりとティラナがこちらを見た。マトバは軽く首を振って、『いけば？』とそっけない態度をとった。

ティラナは一瞬、唇を引き結んでから、そのサンダースと玄関ホールの奥に歩いていった。

遠いから会話はわからない。

だが途中から、サンダースの必死な顔が、笑顔に変わっていくことだけはわかった。

ティラナが戻ってくる。

我慢しきれず、彼はたずねた。

「なに話してたんだ?」

「謝罪された」

すこし上気した声で、彼女は言った。

「すごくていねいに、言われたぞ。本当に後悔していて、申し訳なかったって」

「あいつが、謝罪?」

「うむ。実はその……そこまで後悔しているのなら、許してやらんこともない、と思ってしまった。……おまえはどう思う?」

上目遣いのティラナ。その様子を見て、思わずマトバは苦笑してしまった。

「そうだな。俺だったら──」


後で彼女から聞いたことだ。

そのときマトバが適当に『三べん回ってワンと言わせろ』と言って立ち去ったら、その後サンダース巡査《ドリーニ》は即座にそれを実行したそうだった。

案外、地球人も捨てたものではないのでは?

［了］

BONUS TRACK

●スペシャル対談

ジャック・ホータカ（ケイ・マトバ役）
イリーナ・フュージイ（ティラナ・エクセディリカ役）

『コップクラフト』日本語版シーズン2の配信開始にあわせて来日した主演俳優、ジャック・ホータカとイリーナ・フュージイ。今回はこの二人の対談という形式で、出演者たちの意外な素顔、制作の舞台裏を聞かせてもらった。

劇中ではピッタリと息のあった活躍を見せるケイとティラナだが、カメラの回っていないところではどうなのか？

――本日はお忙しい中、貴重な時間を割いていただきありがとうございます。日本はいかがですか？

ジャック「最高だね。なにからなにまで珍しくて、人々も親切だし、食べ物もうまいし。ただし、空港から東京まで遠いのだけは最悪だね（笑）」
イリーナ「わたしは別に。もう何回も来てますから」
――お二人での来日は初めてですね。別々の便で来られたそうですが。
ジャック「そうなんだよ。妻と娘がイリーナの大ファンでね。せっかくだから一緒の便で行こうよって誘ったのに、イリーナは二日前の飛行機に乗ってしまったんだ。なにかのイベントが東京であるとか言って」
イリーナ「ジャック。その話はしないでください」
ジャック「えーと、なんだっけ……なんとかマーケットだかなんだったか……」
イリーナ「ジャック（怒）」
ジャック「ああ、ごめん」
――ジャックさん。それはコミックマーケットのことですか？
ジャック「そう、それ。娘は日本のアニメも大好きでね。一度連れて行ってあげたいな」
イリーナ「絶対に連れてこないでください。あとライターさん。この部分、カットしてください」
――お断りします。それではまずジャックさん。日本のファンのために、軽くあなたのキャリアについて話していただけますか？

ジャック「僕は舞台の出身だ。TVドラマに出演するようになったのは、ここ五年くらいかな。この『COP CRAFT』が初主演になる。選ばれてとても驚いたよ。なにしろ僕はコメディ作品が多かったからね」
イリーナ「間抜けな隣人Aみたいな」
ジャック「うん、まあ……そんな感じだよ。銃なんて触ったこともなくてね。プロデューサーに理由を聞いても、教えてくれないんだ」
イリーナ「わたしが聞いたら『ギャラが安かったからだ』って言ってました」
ジャック「そ、そう……」
――しかし、劇中ではそうは見えませんね。
イリーナ「ギャラが安そうに?」
ジャック「…………」
――そうではなく。アクションシーンや普段の物腰などです。銃を触ったことがなかったというのは、本当に驚きです。
ジャック「それはうれしいね！　インストラクターについてもらって、猛特訓したんだ。おかげで今では、目をつぶってても銃が操作できるよ」
イリーナ「プロデューサーはいい買い物をしました」
ジャック「イリーナ。なんだかきょうの君は辛辣《しんらつ》だね」

イリーナ「いつも通りだと思います」
——お二人は現場ではどんなムードなのでしょうか?
イリーナ「こんな感じです」
ジャック「確かにこんな感じかな……。僕がスタッフの緊張をほぐそうとすると、彼女が場が凍《こお》るようなことを言うんだ。たとえばスケジュールが厳しいときにリテイクがたくさん出て、僕が『大丈夫さ、来年にはこのシーンも撮り終わってるよ』とか言うと……」
イリーナ「『この番組も終わってるかもしれませんね』」
ジャック「この通りさ。最初はみんな困惑してたけど、もう慣れたかな。いまではみんな、イリーナのシニカルなひとことに病みつきだよ」
イリーナ「別に狙《ねら》って言ってるわけではないんですけど」
ジャック「そこがいいのさ。妻も君のことをベタ誉めしてるよ」
イリーナ「また奥さんの話です。現場でもいつものろけてます」
——ジャックさんはそんなによく奥さんの話を?
イリーナ「はい。正直、ウザいです」
ジャック「そんなにしょっちゅう話してないよ!　一日に二~三回くらいだろ!」
イリーナ「いえ。五~六回は確実です。日によっては一〇回以上。ウザさマックスで死にたくなります」

——イリーナさん、怒ってますか？
イリーナ「別に。今回の来日も家族連れですし。もう好きにすれば？　という感じです」
ジャック「家族を大切にしてるだけだよ」
イリーナ「インタビューとかのスケジュールがキツキツで、ほとんど別行動ですけどね」
ジャック「バラさないでくれよ！」
——ほかの出演者とはいかがでしょうか。ジマー警部役のモッチ・ムーン氏は？
イリーナ「おしゃべりでうるさいです」
ジャック「またひどいことを。いや、モッチは確かにおしゃべりだよ。ラッパー出身だし、マシンガンみたいにしゃべる。でも大事なムードメーカーさ。役者として尊敬している」
イリーナ「よく二日酔いで遅刻しますけどね。プロ失格です」
——ムーン氏にも辛辣《しんらつ》ですね。
イリーナ「いえ。役者として尊敬してます。便利な言葉です」
ジャック「…………」
——トニー・マクビー役のショーン・ファイファー氏についてはどうでしょう？
ジャック「実は彼がいちばん銃の扱いがうまいんだ。マッチ・シューティングの大会にも出ていてね。いろいろと教えてもらってる」
イリーナ「銃器オンチだらけですからね、うちのキャスト。ショーンがいなかったらおしまいでした」
ジャック「うん……まあ……そうかもね」
イリーナ「あと本当はゲイじゃないです。残念」
――ゴドノフ役のイゴール・クログロフ氏については？
イリーナ「デカいです。説明不要」
ジャック「いい奴《やつ》だよ。あと、なぜかサメ映画で死ぬ役が多い」
イリーナ「特に序盤で」
ジャック「そう、序盤で死ぬ」
――では、ゼラーダ役のロバート・ザイード氏についてもうかがえるでしょうか。彼の怪演は高く評価されてますが。
ジャック「ザイードはひどい。もう、ずっとギャグばかり言ってる。本番中に吹き出してNG連発だよ。このイリーナさえ撃墜されてる」
イリーナ「決戦シーンの前で集中してたら、あの赤いローブ姿で寄ってきて『まさかのときのスペイン宗教裁判！』とか。マイケル・ペイリンそっくりの声で。死にそうでした」
――モンティ・パイソンネタがツボだとか。あんたいくつですか。
イリーナ「気にしないでください」
ジャック「キャリアの長い名優だからね。いろいろ学びたかったのに。ギャグしか教わらなかったよ……」
イリーナ「死んだあとも、たまにスタジオに顔を出してきて邪魔をします。ヒマな人です」
——そろそろ時間のようです。本当は女性キャストのお話もうかがいたかったのですが……それはまたの機会に。それでは最後に、日本のファンにメッセージをお願いします。まずジャックさんから。
ジャック「そうだね。シリーズはまだまだ続くから、楽しみにしていてほしい。ミナサーン、ドモ、アリガートー！」
イリーナ「カタコトの日本語で好感度稼ぎですか。安直です」
ジャック「これだよ、もう！」
——ではイリーナさん、お願いします。
イリーナ「次の冬コミはサークル参加の予定です。いまさら甘ブリ本。落選してたらすみません。あと秋のシティもできれば行きたいです」
ジャック「？　？　？」
——きょうはありがとうございました。

あとがき

『コップクラフト6』、お届けいたします。度重なる延期で、読者の皆様、関係者の皆様には大変なご迷惑をおかけしました。申し訳ありません。

ちなみに今回のお話。なにやらタイムリーになってしまった感じですね（汗）。でも前から考えていたネタなので、今年の大統領選挙とかとはあんまり関係ありません。自分はなるべく作中で政治的なメッセージは入れないようにしているんですが、選挙ネタ、暴動ネタということで、触れないわけにもいかない部分があって……えー、なるべく気をつけましたが、大丈夫かな？　まあ、いろんな考え方の人がいるよ、というくらいで。自分が政治がらみで言いたいことがあるとしたら、『選挙には行こうね〜』ということだけです。

ところでこのシリーズは八〇年代の海外刑事ドラマがイメージなんですが、時代はほぼ現代（ちょい未来）という設定です。そうなるといろいろと難しい問題が出てきます。たとえばスマホとクラウド問題。昔は『重要な証拠写真』とかが物語上の『争奪戦の重要アイテム』として機能してたんですが、いまはパシャッとやったら一発でおしまいです。インスタで即拡散できます。困ったもんだ（いや、そこから工夫するのがおもしろいんだけど）。

顔認識ＡＩとかの精度もすごいみたいですね。簡単な変装くらいじゃごまかせないレベルだそうで。アメリカの個人テロなんかも、膨大《ぼうだい》なデータを使って犯人を即特定、なんてケースが増えてるようです。現実では便利なんですが、それじゃあ主人公たちが歩き回って捜査する話がやりづらくなります。昔みたいなドンパチアリアリの『コップ・ショウ』は減り、科学捜査主体のドラマばかりになるのも無理からぬことですね。

あと毎度のボーナストラックについて。作者とキャラの対談とかが痛いのはわかってるんですが、いつも入稿までギリギリなんですよ！　本編書き終わってクタクタなんですよ！　これなら地の文を書かなくていいからスラスラいけるんですよ！

……という情けない理由です。すみません。でもやっぱり、ひそかに人気があるようですね、イリーナさん。

次回は中編二本でやりたいなあ、とか思ってるんですが、どうなることやら。

それでは。

二〇一六年　九月　賀東招二

……………。
……なんだ？
もぐもぐ
……。
もしかしてその水着、気に入ってるのか？

COP CRAFT 7

Dragnet Mirage Reloaded

COMING SOON...

…And to be continued!

GAGAGA

ガガガ文庫

コップクラフト 6

DRAGNET MIRAGE RELOADED

賀東招二

発行 2016年10月23日 初版第1刷発行

発行人 立川義剛

編集人 野村敦司

編集 江橋克則 濱田廣幸

発行所 株式会社小学館

〒101-8001 東京都千代田区一ツ橋2-3-1

[編集]03-3230-9343 [販売]03-5281-3556

カバー印刷 株式会社美松堂

印刷・製本 図書印刷株式会社

Printed in Japan ISBN978-4-09-451630-2